樂讀456 —— 044

西貢小子

作者｜張友漁　繪者｜達姆

我是地球人

我爸爸是臺灣人
我媽媽是越南人
我和妹妹少南是中越混血的雙胞胎
有人叫我們新臺灣之子
也有人說我們是血緣不純正的臺灣人
更有人說我們新移民家庭的孩子都是笨蛋
我才懶得理會這些心胸狹窄的流言蜚語
我什麼人也不是
我是地球人王少寬
今年十一歲，五年級
我爸爸是個很厲害的修錶高手
除了吃飯、睡覺、上廁所之外

其餘時間都坐在工作檯前修理手錶

有一次我和少南討論到一個問題
爸爸真的有那麼多錶要修嗎？
我也很懷疑，都不見有人上門修手錶呀
也許客人都趁著我們上學的時候送錶來
也許他一整天把手錶拆開、組裝、再拆開
如果他真的有那麼多手錶可以修
為什麼我們家還這麼窮……
我們很窮嗎？
阿嬤不是一直說家裡沒錢給媽媽買機票回越南探親
我們家好像真的很窮

越南西南方安江省

湄公河來到安江省
受到地形的影響岔開成兩條大河，前江和後江
這兩條大河在省內延伸出許多小河
豐沛的水源夾雜著大量肥沃的土壤
讓安江省成為聞名全國的米倉

有一年稻穀收割的季節
幾個自稱從胡志明市來的人
在村子裡到處探問有沒有人想要嫁給外國人
女兒嫁到外國可以過好日子
男方也會支付可觀的安家費讓這家人改善生活
這個消息讓我心動了

5　越南西南方安江省 

我和父親母親幫地主種田
一個月總收入只夠一家七人餬口
還要借錢供兩個弟弟和兩個妹妹上學
沒有多餘的錢可以修整房子
那棟稱為「家」的茅草屋根本擋不住風雨
當漫長的雨季來臨
全家就在破漏的屋子裡像水獺一樣的生活

「我們會有自己的稻田，也可以住進水泥蓋的房子。」
我將想法告訴父母親
他們很震驚我竟然想嫁到遙遠的外國
當他們看著四個還年幼的孩子以及破爛的茅草屋
卻看不見未來在哪裡時
只能無奈的接受也許女兒的幸福注定在遙遠的國度

西貢小子 6

也許這是這個家唯一的生機
也許……明天會很不一樣

臺灣高雄市

我悄悄的看了一眼坐在身旁的阿新
三十五歲的他方頭大耳
長年撐著柺杖讓上半身顯得非常壯碩
他的一根柺杖冰冰涼涼的碰觸到我的腳
我並沒有因為他兩腳不便而嫌棄他
反而喜歡他的安靜、沉默
他說他是修理鐘錶的
我喜歡當他說沒有他修不好的錶時自信的表情
有一技之長的人永遠不會餓死
雖然父母親和所有的朋友都反對
他們擔心手腳不方便的阿新無法照顧我
再加上他整整大我十五歲

西貢小子 8

我還是決定跟著阿新到臺灣過新生活
我相信自己的眼光，阿新是個好人
阿新的家在高雄市一條安靜的路旁
看起來像一條被遺忘的老街
一看見阿新的媽媽，也就是我的婆婆
我就知道，她不喜歡我
我怎麼知道？
眼神，我從她的眼神裡看到厭惡
她防著我像防小偷似的，進出房間會把房門鎖起來
阿新依然沉默，一天和我說的話不超過十句
婆婆也不太和我說話
因為沒有人和我說話，國語和閩南語我都聽不太懂
生活好像也可以這樣，不需要說話
有時候我會在浴室自言自語

我擔心有一天我真的會忘記怎麼說話
我生下雙胞胎後，身體一直不舒服
睡不好，全身無力，想家
半夜常常一個人偷偷哭泣
孩子哭了也沒辦法哄
根本無法照顧孩子
看了醫生也治不好
婆婆不願意分擔照顧嬰兒的工作
常常看見我就生氣
還一直罵我懶惰
每當孩子哭鬧
婆婆就大聲吼叫
阿新於是決定送我和雙胞胎回越南生活
把身子養好

等孩子要上學了再接我們回來
我以為他不要我們母子三人了
哭得眼睛腫得跟雞蛋一樣大
阿新向我保證孩子該上學時，他一定會接我們回來
他說孩子在越南鄉下長大也許會比較快樂
「你不擔心我們從此不再回來嗎？」我問
阿新望著我，笑著說：
「你們千方百計要嫁來臺灣，有可能不回來嗎？」
是啊，我們肯定要回來的
因為臺灣是孩子的未來

故鄉

媽媽說我們就快要回臺灣了
我問媽媽：「臺灣是什麼地方？」
媽媽說：「臺灣是爸爸的故鄉，以後也會是你的故鄉。」
「故鄉是什麼東西？」我問
「故鄉就是你出生長大的地方。」
「越南是不是我的故鄉？」
媽媽說越南也是我的故鄉。
「臺灣以後也是你的故鄉嗎？」
媽媽想了很久都想不出答案
「爸爸的故鄉是什麼樣子？」

媽媽說：
「臺灣是一個很好的地方，每個人都很有錢，
家家戶戶都有電視、冰箱、洗衣機和汽車。」
「爸爸的家也有大南瓜和快要長到天空的芒果樹嗎？」
「沒有，但是爸爸家有比南瓜大十倍的電視。」媽媽說
「爸爸家有紅色的檳榔嗎？」
「沒有，臺灣的檳榔是綠色的。」
我沒再問
因為我已經知道越南沒有的東西臺灣都有
大家都以為越南有的東西臺灣沒有
就像貧窮
但是，貧窮就像感冒的病菌一樣
全世界任何一個角落都有
這是我長大後才明白的事

一百架飛機

搭飛機那天天氣很晴朗
我和妹妹少南都很興奮
媽媽看起來有一點不安
外公和外婆陪我們走過像天空一樣寬廣的稻田
外婆叮嚀我們不可以忘記越南
我們很用力的點頭

公車遠遠的像一個小黑點出現在路的盡頭
媽媽和外婆抱在一起哭了很久
外公好像把什麼珍貴的東西藏在嘴裡
他緊緊的閉著嘴唇

一直到我們坐上車
車子開走了
外公的嘴脣依然緊緊的閉著

在飛機上我看著窗外一大團的白雲
耳朵聽到的大都是越南話
飛機上有很多很多的越南人
媽媽說這些人有些是去臺灣工作
有些是跟我們一樣準備把臺灣當作第二故鄉
「這麼多人都要去臺灣，
臺灣會不會人太多而越南卻人太少呢？」我問
媽媽和鄰座的阿姨都笑了
「傻瓜，越南很大，人很多。」媽媽說
「再飛一百架飛機也可以嗎？」

「再飛五百架都沒有問題。」媽媽說
很多年之後的有一天
我抬頭看見天空上的飛機
滿腔期待有一架飛機能載我遠離臺灣
不知道那一百架飛機載過來的越南人
是不是也和我有著一樣的期待

爸爸的家

計程車把我們從機場送到爸爸家
爸爸的家位於高雄市一條小馬路旁
是一棟兩層樓的住宅
一樓是爸爸修理鐘錶的店面、客廳和廚房
二樓是大家睡覺的地方
房子的外觀樸素得連白漆也沒有

一群人站在門口迎接我們
爸爸曾經寄照片給我們
所以我們認得爸爸和阿嬤還有大姑姑
我們看著阿嬤、爸爸和大姑姑不知道要說什麼
他們也似笑非笑的看著我們

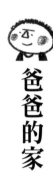

他們看起來這麼陌生

尤其是爸爸

我們很驚訝爸爸的腳竟然是兩枝鐵杖

媽媽要我們叫爸爸、阿嬤和大姑姑

我們怯怯的一一叫人

爸爸看著我們傻傻的笑著

一群人尷尷尬尬的看來看去

爸爸一拐一拐的走到工作檯前拉開抽屜，拿出兩只手錶

放在我和少南的耳朵上

我聽到「滴答滴答」的聲音

「好不好聽？」爸爸問

我和少南都點點頭

其實我不覺得那滴答滴答的聲音有什麼好聽

只是覺得點頭比較容易

客廳掛滿了各式各樣的時鐘
耳朵聽到的全是滴答滴答的聲音
「以後你會和爸爸一樣喜歡這個聲音。」爸爸說

阿嬤瘦瘦的、一頭灰白的髮
爬滿皺紋的臉上常常出現生氣的表情
爸爸說阿嬤不笑的時候看起來就像在生氣
其實她並沒有在生氣
媽媽看起來很緊張
說起話來結結巴巴
如果國語不夠用
越南話就從媽媽的嘴裡溜出來
我看見阿嬤皺了很多次眉頭
第一天晚上

我和少南睡在二樓靠近樓梯的那個房間
整個晚上我都睡不著
聽著樓下時鐘滴答滴答的聲音
我想念越南的家
夏天，蟬會在晚上忽然間叫得很響亮
幾百隻蟬一起叫的時候
就像幾十架飛機飛過天空一樣震撼
蟬叫聲從來不會吵醒我
這滴答滴答聲，怎麼這麼吵呢？
「少寬，你睡著了嗎？」少南問
「沒有，樓下的鐘好吵。」我說
「我好害怕。」
「你怕什麼？」
「怕爸爸和阿嬤。」

「不要害怕，他們是我們的家人。」
「他們看起來很凶。」
「有媽媽和我在呀！」

我心裡的感覺也是亂七八糟的
有一點害怕、一點點興奮又有一點點不安
我沒有真正站在雲上頭
但是如果我能站在雲端
可能就是這種感覺吧

害怕

半夜驚醒
我坐起身環視黑暗又陌生的房間
心慌慌的不知道自己身在何處
直到阿新震耳的鼾聲竄進耳朵
我才慢慢清醒
胸口湧起一股煩躁與不安
就像剛剛揉好的白麵團掉到地上，黏起一片細碎的沙子
讓人不知所措的慌亂起來
雖然不是第一次來臺灣
但是婆婆還是讓我感到害怕
出門前媽媽對我說：
「這個婚姻就像龍眼樹的種子被風吹到芒果樹的樹洞裡，

龍眼樹如果不求茁壯，也可以平安的生活，
不管將來遇到什麼，就當作命中注定的吧！」
我傻笑了一下
自己就是那棵在芒果樹樹洞裡長大的龍眼樹苗
只需要一點點土、一點點雨水和一點點陽光
只要芒果樹沒有意見
我就可以安安靜靜的生長
我看了一眼熟睡中的阿新
阿新，芒果樹
我不禁又笑了起來

祕密

離開越南那一天
外公彎下腰在我的耳朵邊說了一個祕密
他說祕密就像外公藏的私房錢，不可以讓任何人知道
這個祕密只有我一個人知道
他要我把這個祕密帶到臺灣
等我長大以後自己決定要不要說出來
受到外公的重視讓我很高興，我點頭承諾不跟任何人說
我知道祕密就是不能讓別人知道的事情
為了怕忘掉這個祕密
我常常在心裡複習，害怕自己忘記
當越南的茅草屋在記憶裡像褪了色的圖畫紙
這個祕密卻仍翠綠如森林

好地方

大家都說臺灣是個好地方
很多越南人、大陸人、印尼人嫁到臺灣
也有很多越南人、印尼人到臺灣工作
然後將賺到的錢寄回家鄉蓋房子

來臺灣的第一天
我們已經發現越南和臺灣的不同
在越南，我們在地上鋪一張草蓆
一家人坐在地上吃飯
在臺灣，大家坐在高腳椅上在餐桌前吃飯
在越南，我們不喜歡坐公車或汽車
可以不出門就不出門

因為我們很會暈車
在臺灣，到處都是高樓、馬路
一出門就得坐車
一坐車就暈車、嘔吐
阿新說坐習慣了就不會暈車了

我會做一些簡單的臺灣菜
菜脯煎蛋、茄子炒九層塔、還有三杯雞
偶而我會做一些越南菜讓婆婆嚐嚐
但是她並不喜歡
後來我就很少做越南菜了

上學

開始上學之後，我的痛苦生活就展開了
我要念學校的ㄅㄆㄇㄈ
又要寫媽媽規定的越南文
我每天痛苦的不想上學也不想回家
媽媽說我是半個越南人就應該學越南文說越南話
哪有半個人的？又不是西瓜

班上有七個新移民家庭的小朋友
四個越南、一個印尼、一個哈爾濱、一個廣州
他們都在臺灣出生長大，說話完全沒有口音
只有我和少南是在臺灣出生越南長大
因為阿嬤身體不好，爸爸有小兒痲痺症

沒有人可以照顧生病的媽媽和一對雙胞胎

我們一歲大的時候，爸爸就帶著我們回越南
將越南的茅草屋變成水泥房，讓阿公有了自己的稻田
我們在越南漸漸長大
爸爸請了一個人教我和少南還有媽媽說國語
所以我的國語到現在還帶著外國腔調

來臺灣入學之前，學校發了一張調查表要家長填寫
其中有一條是：學生媽媽的國籍
入學之後
所有填寫媽媽是來自印尼、大陸、越南或其他國家的學生
每天得留校半小時加強課業輔導
媽媽對宋老師很尊敬

每次來接我放學的時候都帶水果送給宋老師
宋老師一次也不肯收
媽媽有一次用不標準的國語對宋老師說：
「老師的錶壞掉給少寬爸爸修，不用錢、不用錢啦！」
我覺得很丟臉，希望媽媽以後不用來接我了
我又不是不認識回家的路

我不喜歡上學
今天康榮山又學我說話
他說我們七人小組是蠻夷小組
媽媽嫁到臺灣是來搶錢的
我很生氣的推了他一下
他摔倒在地上哭了起來
老師罰我站了一節課

為什麼他嘲笑我就不用罰站
為什麼老師不問我為什麼要推倒他
我真的愈來愈不喜歡上學了

青香蕉

經過市場的水果攤時，我問老闆：
「有沒有賣沒有熟的香蕉？」
「沒有熟的香蕉？」老闆以為自己聽錯
「是啊，沒有熟的。」我肯定的說
「沒有喔，香蕉沒熟怎麼吃啊！」老闆說
「你要沒有熟的香蕉做什麼？」隔壁賣涼茶的老闆娘也好奇的問
我趕緊揮揮手微笑著離開
如果他們知道我要用青蕉做沙拉肯定又要笑我了
從他們疑惑的表情看來
好像剛剛我問的是：「請問這裡有沒有賣樹皮？」
真想念青香蕉澀澀酸酸的滋味
香蕉剝皮之後切成長條狀

再拌上香菜、魚露、蒜頭、檸檬汁、花生粉或九層塔做成的醬汁
簡直就是人間美味
阿香告訴我，她懷孕的時候想吃青蕉
就是買不到
那種感覺就好像身上爬滿了螞蟻，癢到受不了
後來她的先生跟熟識的蕉農預定，才終於吃到青蕉沙拉
阿香說下次有青蕉再送我
阿香三年前嫁來臺灣
她先生的眼睛天生弱視，就快要看不見了
生活起居都依賴阿香，所以對阿香和她越南的家人都很好
我回到臺灣的第二天，阿香就過來找我
告訴我有任何困難都可以找她
有阿香在，讓我不至於太孤單

眼鏡仔和他的二手書店

我們右邊的鄰居是一間二手書店
二手書店的老闆是一個身材像木瓜樹一樣瘦高的男子
他的頭髮亂糟糟的好像剛睡醒的樣子
戴著一副黑框眼鏡，大家都叫他眼鏡仔
我們到的第一天他跟我和少南說
歡迎去他的店裡看書

左邊是一間修理皮鞋的店鋪
住著我的同學阿福
阿福是我在臺灣認識的第一個朋友
他長得矮矮圓圓的，理了一個小平頭，眼瞇瞇的
跑起來的時候像一顆球在彈跳

阿福將他的朋友介紹給我們認識
小五、阿東還有阿東的妹妹秀雅
他們覺得我們說話的口音很怪
故意學我和少南說話然後笑成一團
我一點也不會生氣
我知道他們不是真心的
因為他們接著會教我正確的發音

皮鞋店再過去是一家五金百貨店
老闆娘叫做阮氏香
是越南人
他先生眼睛就快要看不見了
全家都依賴她
因此對她很好

她常常到家裡來找媽媽聊天並且教媽媽很多事
每當媽媽和阿香阿姨聊天的時候
阿嬷總是在旁邊走來走去
想聽她們說什麼
但是阿嬷一句越南話也聽不懂

這條小馬路上的店鋪生意
好像都不太好
一整天下來也不見幾個顧客上門
但是爸爸的生意看起來還不錯
因為他整天無時無刻不在工作檯前修錶
眼鏡仔告訴我
爸爸是這個小島上碩果僅存的
修古董錶的大師傅

我看著爸爸
心裡升起了敬意
原來我的爸爸那麼厲害

修鞋小師傅

阿福很得意的將一雙皮鞋遞到我眼前，說：
「看吧！看吧！
我把我的皮鞋的邊縫重新縫了一遍，
這雙鞋穿十年都不會壞。」
他看看我的鞋
叫我脫下來讓他加強一下
我脫下鞋交給他
「你是我第一個顧客，也是我的朋友，
我將給你終身免費的福利。」阿福慷慨的說
「真的嗎？」我問
「真的。」阿福肯定的回答
阿福很認真的拿著針線縫著我的球鞋

這工作看起來並不輕鬆
阿福很吃力的用膝蓋頂著球鞋
雙手使勁的將長針穿過鞋底
因為鞋底的膠皮很硬
阿福花了兩個小時才將我的鞋子縫好
「看吧！看吧！
這雙鞋可以讓你穿十年不破。」阿福得意的說

第二天
下起雨來
我的球鞋浸水了
襪子濕濕的摀著我的腳
整天都很不舒服
但是我沒有跟阿福說

青蕉沙拉

今天的陽光金黃燦爛晒得人們眼睛都睜不開
我洗了全家的被單，搬出晒衣架，在陽光下晾晒
阿新騎著三輪摩托車進入庭院
腳踏墊上躺著一串青香蕉
阿新停妥車子，撐著兩枝鐵杖進屋
經過我身邊時，他說：
「市場賣水果的老闆說你在找還沒熟的青香蕉，
你買不到的，要找人訂。」
我走到阿新的摩托車拿起那串香蕉
心裡好感動
平常悶聲不吭也不會噓寒問暖的丈夫
居然會細心的幫我找來這串青香蕉

我的心和陽光一樣溫暖
晚餐的餐桌上，多了一道青蕉沙拉
我調製了一碗醬汁
裡頭有香菜、魚露、蒜頭、檸檬汁、花生粉和九層塔
少南看看爸爸再看看阿嬤，邊說邊示範：「這道菜要這樣吃。」
她夾起一塊香蕉沾了醬汁後放進嘴裡
阿新依樣畫葫蘆的吃了一塊後不再夾了
婆婆瞄了一眼青香蕉，冷冷的說：「哼，香蕉沒熟，澀澀的怎麼能吃嘛！」
「我們小時候常常吃。」少寬說
「早知道就不讓你們住在越南，都吃這個。」婆婆說
「這很好吃啊！你試試看嘛！阿嬤。」
少南試著說服婆婆嘗試異國食物
婆婆無論如何就是不肯將筷子伸向青香蕉
既然這樣
我們母子三人也就毫不客氣的將青蕉沙拉掃光光

西貢小子

康榮山今天又說我媽媽是買來的，我是女傭生的孩子
我狠狠的揍了他一頓
他是市場賣豆腐老闆的兒子
他第一次說我是越南來的小外勞
就被我用力推倒在地上
被我揍了好幾次
總還是要說我媽媽是被我爸爸用錢買來的
我知道他故意要氣死我
他說一次我就揍他一次
揍到他完全閉嘴為止
我的脾氣變得愈來愈暴躁
遇到不順眼不順心的事，我就會揮出我的拳頭

這樣我胸口沸騰的怒氣才能找到出口
不知道是誰給我取了一個「西貢小子」的綽號
或許因為我來自越南的南越
或許因為我的國語裡夾雜著怪怪的腔調
不管什麼原因，那些人都是笨蛋
我根本不是什麼西貢小子
外公說過，西貢早就不叫西貢了
越戰結束的隔年也就是一九七六年
為了紀念國父胡志明而將西貢改為胡志明市
媽媽的故鄉根本就不在西貢
而是在距離西貢一百九十公里遠需要五個小時車程的一個小村莊
它安靜得就像路邊絲毫不引人注意的石頭
那些叫我西貢小子的人，根本什麼都不懂
我哪裡是什麼西貢小子
我是地球人

合理的交換

我用力的刷著廚房的瓦斯爐
我需要賣力的工作，才能讓自己停止思考自己的遭遇
少寬又跟同學打架了
就因為他的媽媽是越南人
從頭到尾我都覺得這是一個合理的交換
我在越南的時候，是家裡主要賺錢的成員之一
嫁來臺灣之後
家裡少了一個幫著賺錢的人
臺灣這個家庭卻多了一個幫忙家務的人
難道臺灣這邊不需要付一些費用補償越南嗎？
這有錯嗎？
有什麼錯？

小師傅

放學的時候
阿福走到我身旁盯著我的鞋看
「我幫你加強之後的鞋會不會滲水？」
我遲疑了一下說：
「會耶！會滲水。」
「走吧，到我家去，
我爺爺要教我怎樣補鞋才不會滲水。」
阿福表情認真的看著我說：
「我會對你的鞋子負完全的責任，
這次真的不會再滲水了。」
阿福將來一定會是一個很棒的補鞋師傅

地球人總部

我跟阿福、少南、阿東、小五和秀雅提議
成立地球人總部，討論地球人的未來
他們連半秒鐘的考慮都沒有就答應了
每個星期六下午三點，是地球人總部聚會的時間
每一次聚會都要討論關於地球上的問題
為了慶祝成立大會
我將我過年紅包的一半，三百元捐出來
買了可樂、餅乾等零食
大家吃得很開心
我宣布地球人總部第一次討論議題是
地球人應該如何和平相處
秀雅：「地球不可能和平的，上帝都做不到。」

阿東：「慫恿外星人入侵地球，
那麼地球人為了擊退外星人，就會團結起來。」
阿福：「好難喔！我不知道耶！」
少南：「把世界變成一個國家，
臺灣、美國、日本都只是一個大城市，
那麼大家都是一家人，就沒什麼好吵的了。」
小五：「南極所有的冰都融化後，大毀滅就來了，
到時候地球就泡在水裡。」
我抬頭看了一眼天空，立刻報告我的發現：
「外星人從破掉的臭氧層灑下一種控制粉，所有的地球人都受到控制，
從此被外星人統治的地球人，只好和平相處了。」
第一次的討論很快就結束
接下來我們就一直吃東西、喝可樂
一直到天就要黑了才解散

忍耐

媽媽和阿嬤還有我一起去市場買菜
爸爸要我一起去幫忙提菜籃
路上遇見鄰居
阿嬤和鄰居用閩南話交談
我和媽媽都聽不懂
他們一邊交談一邊偷偷看著媽媽還竊笑起來
媽媽的臉色變得很難看
傻瓜都看得出來
他們在說媽媽壞話
媽媽告訴爸爸，阿嬤和鄰居說了她的壞話
爸爸不耐煩的對媽媽說
當語言不通的時候

臉部表情就是另一種語言
人們會很用力的去解讀別人臉上的表情
這樣很容易造成誤會
根本沒有人說她的壞話

有一次爸爸不在家
阿嬤對著媽媽比手畫腳的說著什麼
媽媽完全聽不懂
因此沒有按照阿嬤的吩咐辦事
阿嬤氣呼呼的對著剛從外面回來的爸爸發牢騷
爸爸看起來有點不耐煩
但是他耐著性子對阿嬤說：
「阿好話也聽不懂、字也看不懂，給她多一點時間吧！」
「你就是這樣，有了媳婦就不要媽了。」阿嬤很生氣的說

爸爸張開嘴巴想再說些什麼
他看看阿嬤再看看媽媽，很無奈的把話嚥了回去
戴上放大鏡，埋首在工作裡

媽媽在廚房摘菜
我站在媽媽背後用越南話對她說：
「媽媽，我們回越南好嗎？」
「傻瓜，我們回不去了。」媽媽說
「我不喜歡阿嬤那樣對你。」我說
「阿嬤年紀大了，我會忍耐。」媽媽說
我默默的走出廚房
每個人都有需要忍耐的事
我也必須忍耐媽媽的忍耐

無助

我把自己鎖在廁所裡
這個小小的私密空間讓我可以稍稍喘一口氣
鄰居們對我不友善
一天到晚說我這樣那樣
總是明嘲暗諷的說我嫁來臺灣是為了搶錢
婆婆把我當傭人使喚，在外人面前說我壞話
我很努力的把婆婆當成自己的母親
滿心希望婆婆也能把我當成女兒
看來是不可能的事了
阿新平日一句話也不說
就算說話也不會站在我這邊
我覺得很無助也很疲倦

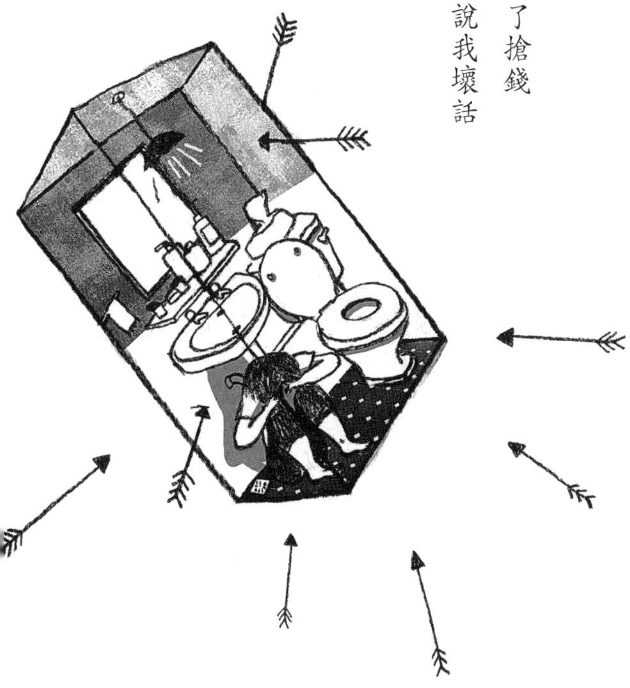

好想念越南的家
那裡雖然貧窮
但是一家人生活在一起
鄰居們的生活彼此都差不多
誰也不會瞧不起誰
在臺灣
每個人都用懷疑的眼神看著我
我沒有做什麼壞事
為什麼要承受這些

來臺灣之後我第一次感到
後悔

撕掉標籤

升上四年級之後
我和少南放學後不必留下做課業輔導了
為了要擺脫新移民家庭的孩子都是笨蛋的標籤
我和少南說好
成績一定要保持在前十名
我們做到了
證明了撕掉標籤一點都不難
唯一的祕密武器就是決心
在校門口等媽媽的時候
遠遠的我看見康榮山走過來
我故意和少南說越南話
邊說邊竊笑邊偷偷瞧著康榮山

讓他以為我用他聽不懂的越南話罵他
事實上我說的是越南鄉下的南瓜又大又好吃
不知情的康榮山果然氣死了
他只能狠狠的瞪著我
比了一下拳頭，作勢要揍我
因為校門口有導護老師
他不敢真的動手

「你為什麼要這樣做？」少南問
「我就是想這樣做氣死他。」我說
「你們男生真無聊。」少南說
後來我也發現
這樣做真的很無聊

南瓜和男生

少南回到家扔下書包
就鑽進眼鏡仔的二手書店
我探頭看了一下他們兩個
眼鏡仔趴在一大堆舊雜誌上寫東西
「你在做什麼？」少南問
「我在寫武俠小說。」眼鏡仔說
「書架上有哪一本書是你寫的嗎？」少南又問
眼鏡仔抬起頭來看了一眼他的書店後說：
「還沒有，但，將來會有。」眼鏡仔說
「你覺得南瓜和男生是同一類嗎？」少南又問
眼鏡仔直起身子推了推他的眼鏡
他對這個問題表現出興趣

「基本上……一個是蔬菜一個是人，不同類。」眼鏡仔說

「我覺得是同一類，

南瓜很難吃，男生很愛鬥，

是同一種讓人討厭的物種。」少南說

眼鏡仔笑了出來

「那我呢？我也是男生，我討不討人厭？」眼鏡仔問

「你和他們不同，開書店的男生一點都不討人厭。」少南說

眼鏡仔邊笑邊說：「我同意你的看法。」

這是什麼對話？

不准再說越南話

婆婆今天發了很大的脾氣
她聽見我和少寬還有少南說越南話
覺得兩個孩子不應該再學越南話
應該學閩南語，因為他們是臺灣人
「他們可以同時學好越南話和閩南語。」我試著解釋
婆婆還是很生氣
她說我們用她聽不懂的越南話罵她
「我們不會這樣做的。」我委屈的說
「就是不准兩個孫子繼續說越南話。」
婆婆下了命令
連著三天我和兩個孩子都不說越南話
第四天，婆婆不在的時候我們又開始說起越南話

我們總是小心翼翼的不讓婆婆聽到
婆婆不讓我們說越南話
會將越南從我們身邊推得愈來愈遠
雖然少寬和少南的身分屬於臺灣
但是他們也屬於越南
這是不爭的事實
我無力扭轉婆婆的觀念
不讓我們講越南話
我們只好偷偷的講了

臭小子

「嘿，西貢臭小子。」

我聽見康榮山在背後叫我，我裝作沒聽見

今天我不想打架

康榮山的爸爸離婚後娶了一個越南女生給他當後母

阿東說出這個驚人的內幕消息

我非常震驚：「你怎麼知道？」

「我媽說的。」阿東說

我終於明白

原來，康榮山這麼恨我

是將他對越南媽媽的恨意發洩在我身上

我轉頭看了一眼康榮山

覺得他才是真正可憐的臭小子

歸屬

今天風很大
吹得車庫的遮陽塑膠布不停的翻動
我站在庭院看著像波浪起伏的塑膠布出了神
還沒有嫁給阿新之前
我們一家人住在茅草屋裡
雨季來的時候
我們會在外牆上綁一張藍白相間的塑膠布阻擋風雨
當風來的時候塑膠布就會這樣撲撲作響
今天我覺得很寂寞很想念越南
他們都好嗎？
今年稻米的收成如何
已經三年沒有回越南了

我問阿新今年可不可以回去一趟
阿新還沒回答
婆婆從廚房衝出來，對著我吼叫：
「哪有錢給你回越南啊，孩子讀書不用錢呀！」
我看看阿新
他沒有說話，繼續修他的錶
有一天，如果我從屋頂上跌下來
他也是這樣無動於衷吧

王氏南

妹妹的名字叫王少南
康榮山偏偏要叫她王氏南
很多越南女生的名字中間那個字都喜歡用氏
媽媽說關於「氏」字的說法有很多種
一種說法是表示能生很多孩子的意思
以前的越南社會女人就是結婚然後生很多孩子
另一種說法是
「氏」是一種果實，拜拜用的貢品
它的花很香、很美麗，是一種生命力很強的植物
代表越南的女性擁有堅強的生命力
阮氏花、黎氏靈、黎氏桂花、黎氏玲、楊氏秀
這些都是媽媽朋友的名字

現在越南人覺得名字裡有「氏」太土
已經不喜歡用這個字了

我轉身扯住康榮山的領口
用力的將我的頭撞向他的頭
這應該可以讓他的腦子變得清醒一點
以後少惹我
沒想到這傢伙往後摔倒
後腦杓還撞到洗手臺的磁磚，流血了
「是我自己撞到的。」康榮山說
我很驚訝的望著康榮山不敢相信自己的耳朵聽到的
老師用銳利的目光望著我
我不知怎麼回答才好
「不關他的事，是我自己跌倒的。」康榮山又重複了一次

「是我用頭去撞他的頭他才往後倒的。」我說
我才不要在康榮山面前變成膽小鬼
「噢，你這個白癡。」康榮山叫了出來
二十分鐘之後媽媽來了
康榮山的親生媽媽來了
康榮山的表情鬆了一口氣
原來他不想把事情鬧大
是擔心來的人是他的越南繼母

康榮山的媽媽劈頭就指著媽媽破口大罵
「你們這些外籍新娘只會生不會教，才會教出流氓兒子！」
媽媽只是一直點頭道歉
看著媽媽沉默的承受一切辱罵
我難過的掉下淚來

就算以後我被打得半死、手臂被扭斷都不會再還手

阿嬤又把我在學校打架的事怪在媽媽頭上
爸爸沒有發表任何意見
他的眼睛裡只有齒輪、長針、秒針
還有滴答滴答聲
少南居然一點也不感激我為她做的這一切
「王氏南這個名字很好聽呀！
幹麼為了這樣的小事和人家打架？」少南說
半夜我起床上廁所
看見媽媽坐在漆黑的客廳
不知想什麼想得出了神
牆上的鐘短針指著「3」
她準備這樣坐一整晚嗎

西貢小子 64

「越南人只會生不會教」
這句話讓她很受傷吧
回到床上後我再也睡不著

憤怒

我簡直就要氣炸了
「越南人只會生不會教」這是什麼話
如果你們的孩子不這樣欺負這些新移民的小孩
他們會用打架來反擊嗎
婆婆也把少寬打架的事怪在我頭上
那句可憎的話已經變身為一隻怪獸在我的胃裡張牙舞爪
我的胃絞痛得厲害
我試著深呼吸安撫胃裡的怪獸
一切已經發生
我不應該獨自在黑夜裡承受他人造成的錯誤
這些事一再的發生

該怎麼阻止呢？
我深呼吸後嘆了一口大氣
我無法控制別人
卻可以鞏固自己的內在
如果我的內心有座堅固的城堡
任何帶刺的話語和攻擊
都無法將我擊倒
下定決心之後
我稍微鬆了一口氣
胃裡的怪獸竟然隨著那口呼出的氣
無聲無息的消失了

忙個不停的媽媽

媽媽在越南的時候是一個快樂的人
我記得她會唱歌也會跳舞還常常大笑
來到臺灣後
阿嬤總是叫媽媽做這做那
做早餐、拖地、洗衣服、煮午飯、抹窗、澆花、做晚飯
有時候還得去姑姑家幫忙大掃除
媽媽像個陀螺整天轉個不停
有時候媽媽不舒服，躺在椅子上休息
阿嬤就會凶她，要她把家裡弄乾淨
我們花那麼多錢把你買過來不是要你當少奶奶的
阿嬤總是這樣說
媽媽在越南的時候是一個聰明的人

她會跟我們說天為什麼會下雨
花生為什麼要躲在土裡慢慢長大
越南的地形長長的像一個電話筒
我們就住在話筒的位置南越
來到臺灣後
因為不太會說國語也聽不懂閩南話
講起話來支支吾吾又斷斷續續的
很多人都以為她是一個笨蛋
對她不友善講話也沒有禮貌
媽媽臉上從此不再出現笑容

昨天阿嬤又大聲的罵媽媽
我站出來大聲對阿嬤說：「不要再罵我媽媽了！」
阿嬤很生氣的打了媽媽一個耳光

她說媽媽把我教壞了才會忤逆長輩
我很震驚阿嬤居然打媽媽而不是打我

從此，我不再幫媽媽說話
也不想和阿嬤說話
爸爸呢？他什麼也不管
整天戴著放大鏡修理鐘錶
好像這家裡發生的所有爭吵都與他無關

妙招

我又躲進廁所裡
我挨打了
左臉頰熱熱辣辣的
長這麼大第一次被人打耳光
我忍著沒有哭
我不想再哭
不管遇到什麼
我都不再哭了
我要用意志力和所有對我不好的人對抗
我想起有一次騎腳踏車外出
一隻黑狗突然竄出來追著我跑
我害怕得拚命踩腳踏板

騎得愈快黑狗追得愈興奮
一次兩次之後
我明白黑狗並不是要咬我
黑狗追逐的是速度感
追逐只是牠無聊生活裡的一種遊戲
當我再度經過那條巷子時
黑狗又追出來
我握了剎車放慢腳踏車的速度
黑狗追了兩步吠了兩聲後
覺得無趣便轉身走了
如果有人一直罵人
被罵的那個人總是無動於衷
久而久之
一直罵人的那個人也會覺得很無趣吧

不合身的世界

媽媽又自作主張的幫我買了一件紅白相間的格子襯衫
尺寸大到好像穿睡袍，完全不合身
媽媽用她怪腔怪調的國語說
將就著穿一年明年就合身了
這個世界不知道什麼時候開始流行不合身的東西
不合身的衣服、褲子
不合身的越南人在臺灣
不合身的社區、不合身的學校和同學
不合身的家庭
每個人都痛苦的將就著某些事物過日子
我後來才明白
這個世界不特別為誰量身打造

世界生來就這個樣子
就像我的媽媽阮氏好
她距離上次當新娘嫁給我爸爸已經好多好多年了
卻還是有很多人叫她「外籍新娘」
又是一個不合身的稱呼

我看過一幅圖畫
不合身，有時候被稱為藝術，也有人將它解釋成哲學
總之，不合身不代表不好
看你能忍受的程度
就連我們現在住的家也非常的不合身
一家五口擠在二十四坪大的房子裡
就算生氣了
也無處隱藏憤怒的臉

給外公的信

每次要少寬用越南文寫信給外公
報告我們在高雄的生活
少寬找各種藉口推託，就是不肯寫信
少南主動接下了寫信的差事
每個月月初
少南就會給越南的外公寫信

外公、外婆、大舅舅、二舅舅、
大阿姨、小阿姨，

臺灣現在是秋天
天氣很涼
秋天之後是冬天
冬天很冷
比越南最冷的時候還要冷一百倍
我們在臺灣都很好
媽媽和爸爸也很好
阿嬤不生氣的時候也很不錯
她會買零食給我和少寬
你們都好嗎
現在的越南稻子應該剛剛收割完吧
我記得以前在越南的時候
最喜歡在乾燥的香香的稻梗上躺著看天空
我們現在住在城市
看不見稻田

祝大家都好

少寬和少南敬上

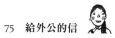

寄錢回越南

今天放學回到家

爸爸居然不在工作室

媽媽也不在廚房

阿嬤在廚房邊洗菜邊抱怨：

「去哪裡也不說一聲，所有的家事留給我一個人做。」

「阿嬤，我來洗菜好了。」我說

「不必了，我都快洗好了。」阿嬤冷冷的說

走出廚房之前我用閩南話問阿嬤：

「阿嬤，你為什麼這麼討厭媽媽？」

「我沒有討厭你媽媽。」阿嬤面無表情的說

我本來想說：「你有。」

但是我嚥下了這句話

默默的走出廚房
免得阿嬤又將怒氣發洩在媽媽身上

爸爸騎著三輪機車載著媽媽回到家門前
「你們去哪裡？」我問
「去辦一些事。」爸爸說
媽媽下車後立即奔向廚房

少南從眼鏡仔的二手書店走出來
在我耳朵邊說
爸爸帶媽媽到銀行寄錢回越南給外公外婆
不要讓阿嬤知道
喔，原來如此

命運

到阿香的五金店買掃把
店裡店外都找不到阿香
有哭聲從廚房傳出來
阿香蹲在地上哭得一雙眼睛紅紅腫腫的
發生什麼事了？
「阿發的眼睛完全瞎了，看不見了。」阿香說
啊！我的心沉了下去
「他這兩天因為無法接受事實，每天都在發脾氣。」阿香說
我也蹲了下來，拍拍她的肩膀
沒有適當的話可以安慰她

這是我們的命運

我們是一棵長在芒果樹樹洞裡的龍眼樹苗
如果芒果樹病了、枯了
龍眼樹該怎麼辦？
誰知道呢！
也許就跟著病了、枯了
如果有好運氣
也許會被好心人移種到別處落地生根
誰知道呢！

脫不下的新娘制服

星期天早上
我和少南陪媽媽上市場買菜
我們來到豬肉攤，媽媽吩咐老闆將豬肉洗淨後絞碎
賣豬肉的老闆穿著一件背心
他的右手臂上有兩隻蝴蝶的刺青圖案
隨著他手臂的擺動
蝴蝶彷彿在飛翔

媽媽身旁站著一個中年婦人，她側著頭看著媽媽
只要媽媽一開聲講話
每個人都能立即分辨出來這個人不是臺灣人
接著他們臉上就會出現一種恍然大悟的表情

把「喔」聲拉得很長
喔……你是外籍新娘
媽媽身上好像穿著一件隱形的新娘禮服
就像《國王的新衣》故事裡那個笨國王
他以為穿著全世界最華麗的衣服，事實上他是光著身子
現實生活裡的笨蛋
卻是那些自以為聰明看見外籍媽媽身上還穿著新娘禮服的人
誰會在結婚多年以後還穿著華麗的新娘禮服到處走？
「你嫁來臺灣幾年啦？」婦人問
我感覺到有一隻探人隱私的爪子正朝著媽媽的胸口伸過去
我往前走一步想讓婦人知道媽媽有個高大的兒子，別欺負她
媽媽用手肘推了我一下，隨意答了一句：「很多年了。」
「你們應該寄很多錢回老家了吧！家裡蓋房子了嗎？」
婦人看著媽媽問

媽媽朝婦人送出一個勉強的微笑後接過絞碎的豬肉
拉著我和少南轉身便走
我們隱約聽到背後傳來的對話
「在臺灣娶不到老婆的男人才會去大陸、越南、印尼娶老婆。」
「巷口早餐店老闆的兒子長得一表人才，家裡又有錢，
也娶了一個越南人，他們覺得越南女孩乖巧聽話。」
「那可不一定，你沒看新聞嗎？有些外籍新娘拋家棄子去酒家上班。」
「那也不代表全部的外籍新娘都這樣啊！有很多人嫁來臺灣後，
才發現夫家是窮光蛋，也咬著牙撐起整個家呀！不能以偏蓋全啦！」
「不要再叫他們外籍新娘，要稱呼他們是新移民。」
「不是都一樣。」
「不一樣，外籍新娘充滿歧視，新移民有接納的味道。」
他們的對話逐漸遠去
這樣的對話我們不是第一次聽到，也不會是最後一次

比較

我覺得自己真的做到了
當有人又問我在臺灣撈到多少錢時
我的內心有一點兒激動，但是臉上表情完全無動於衷
所有的事我和家人明白就可以
不需要跟別人交代，也不需要滿足別人的好奇
別人愛怎麼想就怎麼想吧
我不明白的是：他們為什麼這麼關心別人家的事呢？
就算我們真的寄錢回去蓋了房子，
這些錢也不是從他們的口袋裡拿出來的呀！
阿新真的是一個好人
他幫助我們家蓋了水泥房子，還給我們家裝了電話
我很慶幸自己沒有嫁錯人
這才是最重要的事

來自越南的一封信

阿新、阿好、少寬、少南，

你們好嗎？

南越現在已經進入雨季

每天都在下雨

得下到明年二月

你們寄來的錢已經收到

今年稻穀收入不錯

你們不用再寄錢來了

錢留著給少寬和少南學點東西

我們都很好

謝謝阿新的照顧

幫我們問候親家奶奶

祝她身體健康

越南外公

一本關於越南的書

眼鏡仔坐在店門前的矮板凳上吃泡麵

我走到他面前問他：

「你為什麼不娶老婆？」

「沒有人配得上我。」眼鏡仔說

大家都知道眼鏡仔是個窮光蛋

他的二手書店整個月只有個位數的人上門買書

但是我沒有戳破他

我只是說你書店的生意看起來很差

「書是我全部的世界，有了書就不需要老婆。」眼鏡仔說

眼鏡仔放下泡麵走進店裡拿了一本書出來

「送你，我店裡唯一的一本。」

那是一本介紹越南的旅遊書

我隨便翻了一下隨手放在地上

「你這樣的態度對書很不敬，

書讓我們變聰明是我們的老師。」眼鏡仔說

我把書撿起來重新拿在手上

「你很聰明嗎？」我問，看很多書的人應該是聰明的

「至少我不笨。」

眼鏡仔指著店裡的少南說：

「將來，她肯定很不一樣。」

少南坐在小凳子上津津有味的讀著一本書

大家都說雙胞胎個性和脾氣都會非常相似

但是我和少南卻完全不一樣

她的神經像鋼管那麼粗，什麼事都無所謂

我的神經卻又細又敏感

像狗的聽覺那樣
細微的風吹草動我都能察覺
也許我也應該讀幾本書
免得有一天
少南變成一個超級聰明的人
我看起來就會是一副超級笨蛋的樣子

娘家護衛隊

阿香今天告訴我
很多外籍配偶在臺灣被欺負
是因為她們的娘家在很遙遠的地方
發生爭吵時沒有娘家可以出頭
於是她們組織了一支「娘家護衛隊」
作為所有外籍配偶的娘家
如果有外籍配偶遭到家暴、虐待或者被趕出家門
娘家護衛隊就會立即出動去聲援
護衛隊裡的成員以臺灣人占大多數
希望有更多外籍配偶參加
當阿香邀請我加入時
婆婆從房裡走出來，說：

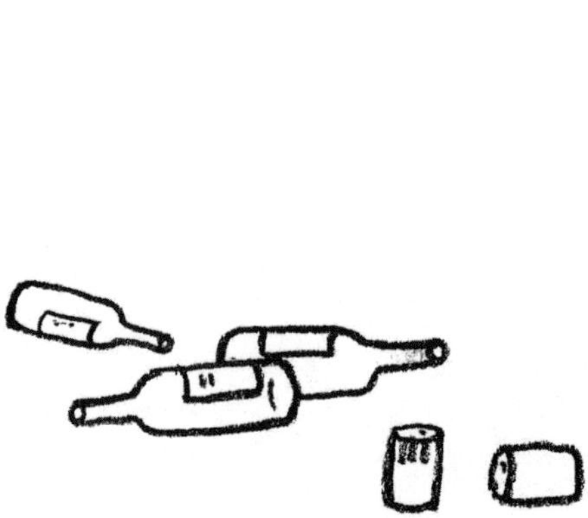

「不准去！別人家的閒事管那麼多做什麼？」
婆婆對阿新說：「你應該管管你老婆，
那個阿香會把她帶壞。」
阿新的手停頓了一下彷彿想說什麼
又什麼也沒說的繼續工作
剛剛燃起的熱情讓婆婆的冷言冷語給澆熄了

阿新剛剛想說什麼呢
他同意婆婆的說法嗎
還是覺得我加入娘家護衛隊也是一件好事情
沒有人知道阿新真正的想法
就像沒有人知道躲在地洞裡的蟋蟀在想什麼

很冷的冬天

臺灣的冬天真的好冷啊
這是我們回到臺灣後經歷的第五個冬天
這個冬天感覺更冷
我們裡裡外外穿了很多件衣服
臃腫得像個不倒翁
南越平均溫度27度，最冷的一月也只有21度
在越南氣溫低於26度老人家就不出門
因為太冷了
臺灣的春夏秋冬就像白天和黑夜一樣分明
記得來臺灣時遭遇的第一個冬天
那個冬天來臨前
阿嬤帶著媽媽、我和少南去市場買了幾件冬天的衣服

我們第一次穿厚外套覺得很新奇
綿羊的身體躲在柔軟的羊毛裡的感覺就像這樣吧
很溫暖很舒服很幸福
但是真正的寒流來臨的時候
我和少南都感冒了
冬天原來就像住在大型的冰箱裡
我們一點也不喜歡冬天

無能為力

今天接到一通電話
是一位在臺灣打工的越南同鄉打來的
因為景氣差工廠沒有開工
她偷偷到小吃店兼差洗碗想賺點錢
沒想到被警察逮到
將被遣送回越南
她希望我能想辦法救她

我問阿新有沒有什麼辦法可以不用遣送回越南
這個同鄉為了來臺灣工作借了很多錢
還沒開始還債就要被送回越南，很可憐
阿新打電話問一個警察朋友

他說案子移送了就沒得挽回了

我去找阿香
娘家護衛隊決定動用所有關係出面幫忙
第二天那位同鄉平安的離開警察局
逃過了遣送回越南的命運

她逃過了遣返
工廠一直不開工她還是賺不到錢
我不禁替她擔心起來
如果再換不到合法的新工作，她就只好回越南了

我到底是什麼人

大姑姑是爸爸的姊姊
住在距離我們三條街的地方
有空就會到家裡來陪阿嬤看電視
電視上那些人又在爭論誰是臺灣人誰是外省人，誰最愛臺灣
姑姑轉頭問我：
「少寬，你是越南人還是臺灣人？」
這句話她已經問了五百萬次了
「我是越南人。」
我冷冷的拋下這句話後就鑽進房間
很多人喜歡問我
你是越南人還是臺灣人
如果我說我是越南人

他們就會一臉不高興的說：
「都是你越南媽媽教你這樣說的。」
如果我說我是臺灣人
他們就會捏著我的臉笑咪咪的說：
「是啊，你當然是臺灣人啦！」

我心裡很清楚當他們問這個問題的時候期待什麼答案
被問煩了
我一律丟出讓他們不高興的答案
臺灣人問我是什麼人
我就回答我是越南人
媽媽的越南同鄉問我
我就說我是臺灣人
他們聽了不高興，就不停的問

想問到一個滿意的答案為止
我就偏偏不順他們的心
我到底是什麼人
有這麼重要嗎？

爸爸說：
「你是臺灣人也是越南人，
這是不可改變的事實。
如果臺灣人的血是藍色，
越南人的血是黃色的，
那麼你去作血液分析，
就會發現你的血液是綠色的。」
老爸真是天才
平常悶聲不吭

一開口就語驚四座
爸爸還說：
「電視上那些人都瘋了，
我們不用跟著一起瘋，
你只要記住，
你是我王新來的家人就行了。」

夢

昨天我做了一個夢，
我騎著腳踏車
在那條蜿蜿蜒蜒的紅土泥路上疾駛
剛下過雨不久，紅土泥路黏稠溼滑
後車輪將地上溼黏的紅土捲起打在我的背上
我拚命的踩著踏板，愈來愈慌張
已經騎了幾個小時了，就是騎不出這條紅土泥路
這條路什麼時候變成這樣沒完沒了的漫長
泥路兩旁的柚子樹用力的晃動枝幹，企圖將我攔下
我害怕極了，雙腳更賣力的轉動踏板
眼前的風景突然之間變了，變成一片無邊無際的稻田
我跳下單車走進稻田裡

蒼老的父親和母親正在拔草
我在他們身邊彎下腰也開始拔起草來
拔不完的草啊

夢醒
我坐在床上，發了好一陣子呆
想家了，才會夢到家鄉的紅土泥路
每次夢見越南我就想吃春捲
那些夢在我的胸口挖出一個大洞
只有越南家鄉菜才可以填補那個洞
糯米做成春捲皮，捲著豆芽、粉絲、蝦仁、蔥還有魚絲
然後用油炸到黃酥酥的，再用生菜包起來沾魚露和酸醋吃
我並不常做，因為婆婆不喜歡吃油炸食物

「少寬，你還記得那條紅土泥路嗎？」我問

「我不記得了。」少寬隨口說著

「怎麼那麼快就忘掉家鄉那條紅土泥路？」我感到失落

少寬和少南在那條紅土泥路上奔跑了不下一千次啊

小孩不笨

媽媽加入了社區舉辦的「外籍配偶互助會」
互助會每個星期借用活動中心禮堂
每個人都帶著一份食物到聚會所做分享
我最喜歡這個美食聚會了
越南春捲、印尼椰子糕、泰式雞爪、山東水餃
沒有什麼東西比食物更吸引人

娘家護衛隊也在這裡招兵買馬
在這裡常常會聽到一些悲慘的故事
也會感受到一些溫暖
大家承諾無論發生什麼事都要互相支援
誰剛剛嫁來臺灣不懂國語

誰有空誰就去幫忙翻譯協助她們盡快適應新家庭
誰被趕出去，誰有能力就提供住宿
我覺得這是一個充滿人情味的地方

有一次的週末聚會，大家都非常的生氣
有一個政府官員在電視上公開呼籲
新移民的家庭要節育別生那麼多
因為她們生的孩子容易有學習障礙、發展遲緩的問題
有人說越戰時期
美軍為了逼迫躲在叢林裡的北越人民軍現身
在越南土地上傾瀉了化學藥劑脫葉劑
毒死了正在生長的稻米和作物，也污染了土地和水源
戰後二十年裡
越南出現許多殘障以及弱智兒童

這些身上藏著毒素的越南女人嫁來臺灣
生下一堆弱智的新臺灣之子
「真是豈有此理又胡說八道，
我們的孩子哪裡有問題啦？」
所有的媽媽們都朝我們望過來
我和其他小孩正在玩跳棋
當我們聽到：「傻瓜會玩跳棋嗎？」
動作很一致的抬起頭來望向媽媽們
媽媽很得意的說著：
「你看我們的孩子一點問題都沒有。」
大家罵成一團
最後也只能傷心的生著悶氣回家

小小的島上住著各種人

客家人、閩南人、原住民、廣東人、印尼人、越南人
泰國人、菲律賓人、俄羅斯人、柬埔寨人……
他們在小島上擠來擠去也吵來吵去
有人說自己最早來到小島是小島的主人
有人說自己來了很久已經算是小島的主人
有人努力的想把另一種人趕出去
這些大人的行為比小孩還幼稚

誰偷了項鍊

放學回家
遠遠的就聽見阿嬤和媽媽扯著喉嚨講話的聲音
七八個人圍在家門口看熱鬧
「又發生什麼事了？」少南不耐煩的說
我們擠過人群鑽進屋裡
阿嬤和媽媽都哭了
原來阿嬤的兩條金項鍊不見了
她說是媽媽拿走的
媽媽說她沒有拿
阿嬤說那兩條項鍊是阿公送她的很有紀念價值
就算全家沒有飯吃她也不會變賣項鍊
但是現在項鍊卻被偷走了

爸爸說：「阿好不會偷你的東西。」
「你們大家看看，現在連兒子也不幫我了。」
阿嬤對站在門口看熱鬧的鄰居哭訴著
少南放下書包，悄悄溜出客廳走進眼鏡仔書店
她不想聽不想看不想理這一屋子的混亂

媽媽哭著說她真的沒有拿
阿嬤要媽媽把衣服脫光檢查
我氣得一張臉脹得發熱，我大聲吼著：
「是我偷的！我偷去賣掉了，錢也花光了！」
爸爸歪歪扭扭的移動腳步，走到我面前賞了我兩巴掌
「你為什麼要這樣做？」爸爸也脹紅了臉
「我以後長大賺錢會買十條金項鍊還給阿嬤。」
阿嬤用憎恨的眼神瞪著我

爸爸扯下我的書包，將書包裡的東西全倒出來
書本、作業簿、鉛筆、彈珠，散落一地，一張鈔票也沒有
他將我身上所有的口袋都翻出來
只找到一張紅色的百元鈔票
那是媽媽昨天給我的
爸爸憤怒的將手高高舉起想再賞我幾巴掌
但是他的手停在半空中，最後輕輕的放下
「我會把這件事搞清楚。」爸爸說

阿嬤氣沖沖的回房間
爸爸回他的工作檯，一張臉脹得紅通通
媽媽用盈滿淚水的雙眼望著我
門口看熱鬧的鄰居散去了
我又想起那些飛往越南的飛機

無言

晚上

「我知道根本不是你偷的，也不是媽媽偷的。」少南說

「……」

「你為什麼要這樣做？」

「……」

「你不想看媽媽被冤枉？」

「……」

「你這樣不講話沒辦法解決事情。」

「……」

「眼鏡仔的看法和我一樣，我們覺得沒有人偷走項鍊。」

「……」

「阿嬤把項鍊換了位置，自己卻忘記，人老了就會這樣。」

「……」

「你覺得這樣推測是不是很合理？」

「…………」

「算了，睡覺吧。」

「……」

可以逃嗎？

不知道這樣紛亂吵鬧的日子還要過到什麼時候？
什麼時候我才可以成為婆婆心目中真正的一家人？
看著少寬為了幫我解圍，背了黑鍋、挨了巴掌
我真是個無能的媽媽
面對這種情況
我居然興起一個「逃」的念頭
真想逃走啊！
逃回越南那個窮困卻寧靜的地方

睡前，阿新神情落寞的說：
「少寬才十一歲，
根本不知道去哪裡變賣黃金，

我不應該還沒有弄清楚真相就打他。」

「我真的沒有拿。」

「我知道不是你拿的。媽媽記性變差了，
她提防著別人，所以常常更換藏放的位置，
到最後連自己都忘記放在哪兒了。」

我鬆了一口氣

只要阿新明白就行了

但是

我們該用什麼來彌補少寬受到的傷害？

遊蕩

放學後，我不想回家了
我想找個地方躲起來
不想再看見阿嬤總是對媽媽吼來吼去
不想再看媽媽那張永遠憂傷的臉
如果我有夠多的錢
我想買張機票飛回越南
寬闊的、只有稻田的越南肯定安靜多了
但是現在我身上一毛錢也沒有
我坐在公園裡發呆
我想這樣安安靜靜的坐成一具雕像
媽媽為什麼要來臺灣
難道越南就真的賺不到錢吃飯嗎

又不是住在非洲
非洲那麼多人餓死也不見非洲人嫁來臺灣
這個問號剛剛鑽出腦袋就被我否決掉了
因為非洲實在太遠了
飛機票一定很貴

隔壁班的同學唐國軒走到我身邊問我：
「怎麼不回家？」
我傻笑搖頭
「和家人吵架？」
我依然傻笑
「他們為什麼叫你西貢小子？」
「他們都是笨蛋，西貢不叫西貢很久了，現在叫胡志明市。」
唐國軒點點頭

「如果沒事做要不要跟我走？」
「去哪兒？」我問
「去網咖打電動，很好玩的。」
「我沒錢。」我說
「我有。我可以請你。」唐國軒說

就這樣我跟著唐國軒走進另一個炫目又刺激的世界
在那裡
我忘記媽媽憂傷的臉
也忘記我生長的地方——越南

心碎

從來沒有發生過這樣的事
少寬竟然晚上九點才回家
我和少寬兩個人坐在廚房的餐桌前
你瞪著我我瞪著你
我們用越南話交談著
「你為什麼到現在才回家？你知不知道我們差一點去報警？」
我的聲音在發抖
「我只是跟同學一起去網咖打電動，你也太緊張了。」少寬說
「那個地方是你去的地方嗎？」
「我們又沒有做什麼！」少寬說
「你常常去那個地方，以後做什麼你都不會在乎了。」

「你又在胡思亂想了。」少寬冷冷的將頭轉開

「以後不准你去那個地方。」我嚴厲的說著

少寬不置可否的歪著頭不願看我一眼

「那兩條項鍊真的是你偷的嗎？」

少寬沒有說話

「你不想說，我也知道，項鍊不是你偷的。」

少寬依然沒有說話

「你答應我以後會準時回家。」

「我可以去睡覺了嗎？」

少寬轉身離開餐桌

我失眠了，我又憤怒又傷心又焦急

全世界的人都可以對我不好，但是少寬不行

少寬必須是個好孩子

我可以肯定項鍊不是他偷的，他只是想代替我受罰而已

但是現在卻因為項鍊事件把少寬逼到網咖
我到底該怎麼做呢？

挨打

今天媽媽很生氣的把我從網咖拖回家
她一邊哭一邊用越南話罵我
還摻雜著她從市場學來的臺語
「缺角」「一世人沒路用」
爸爸很生氣的打了我一頓
他吼叫著：「我會修理鐘錶，更會修理人！」
我如果想逃走爸爸根本就追不上我
但是我像一根柱子直挺挺的站著
忍受爸爸粗大的手掌在我身上拍打
少南在一旁哭
阿嬤則說著小孩不教長大沒救的風涼話
這次，沒有人救我

爸爸左手撐著鐵杖用右手打我
我只要往後退一步或者用力推他一把
他會立刻摔到地上，因為單手撐不住他強壯的上半身
但是我沒有那樣做
我縮著身子忍耐著爸爸的巴掌
就在我快要被打死的前一秒鐘
眼鏡仔走進來擋住了爸爸的手
「大家冷靜一下，今天少寬睡我那兒好了。」眼鏡仔說
爸爸媽媽沒說好或不好
他們望著我的表情好像我是個壞掉的很難處理的冰箱
丟掉了可惜，修理起來又要花一大筆錢
眼鏡仔扯著我的衣服把我拖進他店裡的二樓
他推開一扇房門

「你晚上就睡在這裡，好好想一想你自己的行為。」
我的情緒還沒有恢復過來
臭著一張臉悶聲不吭
眼鏡仔微笑著離開房間並且把房門關上

我哭了兩分鐘後
才開始觀察這個充斥著倉庫氣味的小房間
三面牆全堆滿了書
床前擺著一疊列印出來的文稿
第一頁打印著四個大字：少俠，鞋匠
我拿起來讀
第一頁讀完我就知道這個鞋匠寫的是阿福
故事很好看，當我看完的時候淡淡的晨光已經從窗外照進來了
我睏得不得了

看了一眼窗戶就睡著了

眼鏡仔把我搖醒

我睜開眼睛好一會兒才回過神來

眼鏡仔的書稿從我的手上掉下去

眼鏡仔微笑著撿起他的書稿

我想起昨晚發生的事情

「我的《少俠，鞋匠》好不好看？」眼鏡仔充滿期待的看著我問

「很好看。你寫的是阿福吧！」

「哈，你看出來了。」

「你知道阿福有一句口頭禪嗎？」我說

「是什麼？」

「阿福每天都要說一百次：『看吧！看吧！』」

「這樣啊！」

眼鏡仔托著下巴看著天空思考起來

少俠，阿福

我走出眼鏡仔家門時
看見媽媽在掃地
我們相互看了一眼
她的眼睛腫腫的，顯然昨天晚上哭過了
我覺得有點兒煩、有點兒內疚、有點兒生氣
沉默的繞過媽媽進入屋裡
爸爸坐在他的工作檯前專注的修錶
梳洗完畢後我下樓
阿嬤和少南在吃早餐
本想賭氣不吃早餐，但是肚子實在太餓了
我隨便扒了幾口飯背了書包就出門
「阿福，阿福。」我站在修鞋店門口叫著

沒多久阿福走了出來

「眼鏡仔寫了一部武俠小說叫做《少俠，鞋匠》。」

「喔，那又怎樣？」

「他在寫你的故事。」

「我有什麼故事好寫？」

「一間不起眼的修鞋店鋪裡，

坐著一個臉色蒼白的少年，

他的修鞋技術很好，就連縣太爺都喜歡找他修鞋，

縣太爺有一次跟鞋匠訴苦，

四處搶劫的江洋大盜始終都抓不到，

百姓在受苦啊！縣太爺煩惱極了。

第二天，那個江洋大盜就被人『縫』在樹上，動彈不得。」

「是鞋匠幹的嗎？」阿福的眼睛瞪得又圓又大

「我不能跟你講，因為是眼鏡仔剛剛寫好的故事，

總之，鞋匠是一個深藏不露的武功高手。」
我看見阿福的下巴微微的仰了起來
嘴角上有一絲得意的笑意
好像他真的是擁有超凡絕技的少年俠客

失望

少寬又連續三個晚上九點鐘才回來
少寬實在太傷我的心
他看起來就快要變成一個壞孩子
少寬為什麼不能像少南那樣
安安靜靜的閱讀呢
我跟阿新提議：
「不如讓少寬學習修錶，轉移他的注意力。」
「我打算國中才教他，這情況看來，可以開始訓練了。」阿新說
任何方法都值得一試
只要能把少寬拉回來

彌補

少南今天真是煩透了
放學後就一路黏著我
「今天你哪裡都不能去，只能回家。」少南說
「我的事不用你管。」我說
「你認為我們的家還不夠亂嗎？」
我沒有否認，家裡亂得讓人心煩氣躁
「媽媽和阿嬤兩個人都很討厭對方，
現在你又每天去打電動，你想把媽媽逼瘋嗎？」
少南看起來很生氣
我沒有說話，因為我無話可說
少南說得一點都沒有錯
我就要把媽媽逼瘋了

我沒有多做掙扎的轉身對著走在我身後的唐國軒揮揮手
意思是我不跟他去網咖了
唐國軒朝我癟癟嘴後甩了一下手
意思是你是個膽小鬼
一路上，我的心裡感到空空的
腦袋也空空的
那是一種沒有目標的感覺
阿嬤今天買了很多東西回來
她買給我一雙新的球鞋
給少南買了一個粉紅色的背包
給媽媽買了一塊布料
她和顏悅色的跟媽媽說
可以做一套你們越南的傳統服裝
她會付工錢

我們都很驚訝
卻也都心裡有數
阿嬤不會無端端的送我們東西
她也許已經找到那兩條項鍊了
只是拉不下臉來跟我們道歉
「你的臉頰沒有白白挨打。」少南說
「你閉嘴，我不想再聽到任何和項鍊事件相關的字眼。」

友善的回應

撫摸著那塊淡藍色的布料
我真的感動到說不出話來
婆婆突然對我們這麼好
我們心裡明白，她應該是找到那兩條項鍊了
我跟少寬和少南交換了眼神
誰也沒有說破
如果婆婆用這樣的方式表示友善
我們都願意忘記項鍊事件

媽媽拿到身分證了

我們回到臺灣邁入第五年了
幾百架的飛機從越南、印尼或柬埔寨飛到臺灣
載來更多的越南人、印尼人和柬埔寨人
我的怪口音完全消失了
阿嬤和媽媽講話的口氣也不再凶巴巴了
媽媽學會說臺語
少南迷上了文字
她將所有的時間消磨在眼鏡仔的二手書店裡
眼睛裡只有故事
爸爸依然沉默的修著他的錶
阿福設計了一雙多功能鞋子
他說完成之後要送給我

媽媽終於拿到身分證了
那一天，她拿著身分證看來看去
看了很久都捨不得放下
她非常高興自己是有身分的臺灣人

爸爸送我一整套修錶工具組
並且在他的工作檯前擺了另一張桌子
遞給我一只手錶，要我將錶拆了
「你活在世上，只要有一樣比別人強就可以活得很好，
我的兩條腿雖然壞掉了，但是，我會修錶。」爸爸說
我看著這套工具組呆愣了很久
我想起阿福有一次把老師的鞋子拿回家補
大家笑他馬屁精拍老師馬屁
我知道阿福不是這種人

他是真的喜歡修鞋子
我喜歡修錶嗎？
答案是——不・知・道
那我喜歡什麼？
我也・不・知・道

美麗的奧黛

我和阿香坐在公車上
我們要去試穿剛剛做好的奧黛（註）
那是婆婆送我的布料
師傅的工錢也是婆婆付的
選在這個時候做新衣
是想慶祝自己剛剛拿到臺灣身分證
我終於成為一個有身分的臺灣人了
「你和婆婆的關係好像改變很多。」阿香說
「是啊，只要前幾年多多忍耐，
她最後會發現我是一個還不錯的人。」我說
「那你可以加入娘家護衛隊了吧！」阿香再度提出邀請
「再過些時候吧。」

我不想讓自己看起來像個得寸進尺的人

「阿發心情好多了嗎？」我問

「脾氣還是很暴躁，我只要離開一下子，他就會大吼大叫，以為我嫌棄他，逃回越南去了。」

「他沒有安全感。」我說

「嗯，他如果再繼續懷疑我，再對我亂發脾氣，有一天我就會如他所願的逃走。」阿香說

穿著淡藍色的奧黛站在鏡子前面

我左邊照照右邊照照

滿意極了

「我要這樣穿回家。」我說

「大家會盯著你看的。」阿香好意提醒

「我就是要給大家看我們越南的奧黛是多麼好看。」我說

我穿著嶄新的奧黛走過馬路、等公車、上公車
果然吸引了許多人的目光
他們的眼神隨著我的走動而移動
眼神裡透露出好奇與讚賞
「好漂亮啊！」有人大方的讚美
我朝他們微笑，表示感謝

當我出現在家門口
阿新和婆婆也愣住了
從他們驚訝的眼神看來
應該是覺得這件奧黛穿在我身上既美麗又合身
但是從他們嘴裡說出來的話卻是
「你這樣會不會太招搖了？」阿新說

「才做好的新衣服就這樣穿著滿街跑，
不怕弄髒？」婆婆說
這一天是我來到臺灣之後
最美妙的一天

註：越南女子的傳統連身套裝。

開錶

我觀察著爸爸
他修錶前會將錶貼在左耳上
從滴答滴答聲中
推測是哪個零件故障
就像醫生從病人的脈搏裡聽出端倪
然後駕輕就熟的打開錶蓋
也許只需要換電池
也許得檢查零件、清洗、修正、調式、重新安裝
接著他把錶再度放到左耳上傾聽
確定錶的心臟開始跳動並且跳得健康

事情並不如我想像的簡單

我花了大半天的時間都無法將錶蓋打開
爸爸示範一次給我看
他很輕易的就把錶蓋打開
然後要我繼續練習
眼前這些大大小小奇奇怪怪的工具讓我眼花撩亂
一個鐘頭之後，我終於把錶蓋拆開了
爸爸揮揮手示意我今天到此為止

我的星期天就這樣泡湯了
當我找到阿東和阿福
他們說他們剛剛打完球不想再打了

聘金

我常常在想

爸爸修錶的技術那麼好

怎麼可能沒有女孩子願意嫁給他

就算兩隻腳有一點不方便，也不是什麼大問題呀

我在爸爸對面的位置坐下

拉開抽屜，拿出一只爸爸讓我練習用的錶

一邊開錶一邊問

「爸，大家都說……都說……」

爸爸抬起頭來用眼神詢問：「大家都說什麼？」

「說……媽媽是你用錢買回來的？」

我不期待平日惜話如金的爸爸會回答我

爸爸瞪大他的右眼，他的左眼還戴著放大鏡

「什麼買回來的？那筆錢是聘金，

你娶人家辛辛苦苦養大的女兒，不用付聘金嗎？傻瓜。」

爸爸拿下左眼上的放大鏡繼續說

「阿嬷那個年代娶老婆也是要準備聘金的，

怎麼就沒聽說是買老婆？

那個年代和這個年代的男人沒有錢同樣是娶不到老婆的，

以後你娶老婆也要給聘金。」

爸爸說完重新戴上放大鏡繼續工作

我心情忽然變得很好

媽媽是用聘金娶回來的，不是買回來的

但是聘金是什麼呢？

不管了，如果康榮山再說那些話

我會把爸爸說的話重複一遍給那個傻瓜聽

寫作業

孟志遠一個月前轉學到我們學校
他的媽媽和我媽媽一樣是越南人
他和我一樣已經五年級了
但是認識的字只有兩百個
他從來都不寫功課也不交作業
大家都說他是笨蛋
我知道他並不笨
他的爸爸是個酒鬼
媽媽又不懂中文字
沒有人教他寫功課
每次經過他們家
都看見孟志遠在玩

「看吧！看吧！孟志遠又在那裡玩。」阿福指著孟志遠說

我和阿福走到孟志遠身邊，問他

「你為什麼都不寫功課？」

「不用你管。」

「你這樣別人都在笑你媽媽。」

「你幹麼管我家的事？」

「因為我們的媽媽都是越南人，她們離鄉背井很可憐，他們說你是笨蛋其實是在嘲笑你媽媽。」我說

孟志遠沉默的踢著地上的石頭

不再說話

我拿出書包裡的書本和作業簿

「和我們一起做功課。」我說

阿福也拿出他的作業簿

孟志遠看著我們好一會兒

才進屋裡拿出他的書包
我們三個人趴在屋前的水泥地上寫功課
幾隻螞蟻好奇的爬上我們的作業簿
沒有書桌一點也無所謂
我和阿福和孟志遠和幾隻螞蟻一起度過一個美好的傍晚時刻

回家前
我邀請孟志遠加入我們地球人總部
「那是什麼？」孟志遠問
「討論地球人的未來。」我說
「好。」
地球人總部成員從六位增加到七位

將來的夢想

地球人總部今天討論的主題是地球人的未來
阿福說：「將來我要當修鞋店的老闆。」
阿東說：「將來我要當太空人。」
孟志遠說：「將來我想要開飛機，我要開飛機回越南。」
秀雅說：「將來……我不知道要做什麼？」
小五說：「我將來要開餐廳，賺大錢。」
少南說她長大後要當作家
她上學之外的時間幾乎都待在眼鏡仔的二手書店
她一本書讀過一本書，完全不挑食
就像爸爸沉迷在滴答聲中那樣
沉迷在一個又一個的故事裡
我說：「將來……我也不知道要做什麼？」

我只知道我不要和爸爸一樣
認為滴答滴答是世界上唯一的一種聲音

媽媽想上學

今天眼鏡仔跟我說他在寫一部全新的三十萬字的武俠小說

我不明白那是什麼東西

他從書架上拿下一本金庸的武俠小說，說：

「出版社如果喜歡，就可以印刷成這樣漂亮的一本書。」

「就像那本《少俠，鞋匠》。」我說

「對，那是我最喜歡的一本。」

眼鏡仔說他寫了二十年了

但是機會一直不站在他那邊

那天我才明白

眼鏡仔店裡那麼多的書都是人寫出來的

寫書的人就叫做「作家」

眼鏡仔最大的夢想就是要當武俠小說作家

阿福將來要繼承他爺爺修理皮鞋的店鋪
妹妹說她將來想要有一間像眼鏡仔那樣的二手書店
我問媽媽他的夢想是什麼
「上學，我很想上學認識中文字。」媽媽說
阿嬤提著菜籃走進來
我們不再說話
因為阿嬤不讓媽媽去上學

識字班

阿新和婆婆為了要不要讓我去讀識字班大聲爭執著

我躲在廚房不敢走出來

他們的對話很激動，我也很激動

「你要你的孫子長大以後怨恨你不讓他們的媽媽讀書嗎？」阿新說

「我不認識字還不是活得好好的。」婆婆說

「時代不同了，媽。」阿新說

「她進入識字班認識那些人之後就會開始搞怪，

你再也管不動她了。」婆婆說

「她應該要去讀書學會臺灣的文化，

我不要她所有的事都依賴我。」阿新說

「她將來有孩子可以依賴。」婆婆說

「人家山高水遠的來到這裡幫你生了孫子，你要給她自由。」阿新說

「一旦她的心像野馬一樣野了，你就追不到她了。」婆婆說

「她需要朋友。」阿新說

「她學壞以後就會瞧不起你。」婆婆說

「阿好不會。」阿新說

「很多事是事後才會後悔。」婆婆說

「如果阿好要變壞早就變壞了，
讓她去上識字班吧！」阿新說

客廳的對話停止了

婆婆經過廚房時站在門口看了我一眼

我不明白那種眼神代表什麼

我到底可不可以去上識字班呢？

壞錶

孟志遠今天告訴我他們明天要搬家
今天是上學的最後一天
我問他要搬去哪裡
他說他也不知道
因為一直租不到房子
現在住的房子又被房東收回去
很多房東覺得新移民家庭是麻煩分子
不是麻煩分子就是暴力家庭
不願意將房子租給他們
他們一家三口就一直搬家
孟志遠就不斷的轉學
「沒租到房子，你們要搬去哪裡住？」我問

「不知道，我爸說哪裡都可以睡。」孟志遠說
我的腦海中浮現他們一家三口睡在橋下的畫面
「我媽媽說有一天會帶我逃回越南永遠都不回來。」孟志遠說
我看著他不知道該說什麼
我拿出書包裡的一只舊手錶送給他
「這只錶曾經是壞錶，我爸爸修好它，
它現在走得很好，
當大家都放棄它的時候，我爸爸沒有放棄它，
當大家都說你是笨蛋而放棄你的時候，
你千萬不要放棄自己。」我說
孟志遠看著我傻笑
他說，他會珍惜那只錶
因為那是他唯一的朋友送的
放學回到家

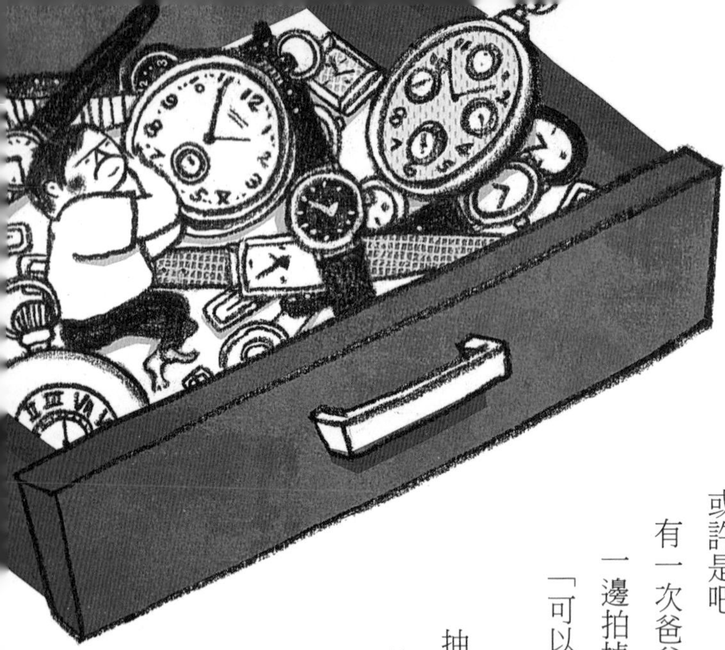

爸爸依然坐在他最喜歡的位置工作著
我曾經懷疑是否真的有那麼多的錶要修理
或許是吧
有一次爸爸從地上撿起一只被踩爛的錶
一邊拍掉錶上的灰塵一邊說
「可以修，可以修。」

抽屜裡一大堆修好的錶
沒人知道爸爸準備拿那些錶做什麼用
我想，爸爸一定很想變小，小到可以住進抽屜裡
幾十只手錶每天滴滴答答響
那聲音
一定很迷人

轉學生

陳老師帶著一個棕色皮膚、大眼睛、捲髮的女生走進教室
大家嘰嘰喳喳猜測
她可能來自印度、菲律賓、巴基斯坦、非洲……
「今天有一個新同學，我們請她自我介紹一下。」陳老師說
「我叫徐飛燕，我媽媽是印尼人，
我是在臺灣出生的。
去年，我和爸爸陪媽媽回印尼
看到很多很好玩的人事物，
媽媽那邊的親戚對我們很好，
雖然我在那裡因為水土不服拉了好幾次肚子，
但是，我還是很喜歡媽媽的故鄉
我現在唱一首印尼歌謠給大家聽

歌名叫做 Cicak Cicak didinding（牆壁上有一隻壁虎）
Diam diam merayap（靜止不動，慢慢前進）
Datang seekor nyamuk（來了一隻蚊子）
Happ………（張口咬住的聲音）
Lalu ditangkap（逮到了）」
徐飛燕表現得非常大方
她和她的歌很受大家喜歡
康榮山甚至不斷找機會跟她講話
這個臭傢伙就只是跟我過不去

學徒

當我學會開錶之後
爸爸開始教我如何將零件完全拆卸下來
再組裝回去
每一天我得完成一只錶的拆卸與組裝
我知道
不管我願不願意
爸爸已經動用他的權威
讓我成為他修錶店的學徒了

失眠

臨睡前
我忽然想到祕密
我竟然忘記了阿公告訴我的祕密
我慌張的坐起身來
不停的眨著我的眼睛，翻找大腦的記憶庫
想不起來了
我遺失了阿公的祕密
我第一次嘗到了
失眠的滋味
找回祕密之前
我將永遠無法安心入睡了

種菜

我跟阿香說我想種菜
阿香帶著我跟市場裡的魚販要來幾個保麗龍大箱子
將在阿香家後院挖來的土填滿了箱子
買了一些種子種下
婆婆在一旁看著
一副蠢蠢欲動的模樣
嘴裡直說著：「這樣也想種菜呀！」
我微笑著說：
「我也不知道臺灣什麼季節種什麼菜，
媽媽可以教我嗎？」
婆婆問：「你剛剛埋進去的是什麼種子？」

我從口袋裡將小袋子裝著的種子遞給婆婆
「這個季節不能種白菜，會長蟲，
你可以種紅鳳菜。」婆婆說
「但是買不到種子。」我說
「不用種子，你去市場買一把菜回來，
摘掉葉子將梗插進土裡就可以了。」婆婆說
我和婆婆興味盎然的談論著什麼季節種什麼菜
以及如何多弄一些花盆多種一些菜

真是一個愉快的下午

檯燈下的媽媽

半夜我起床上廁所
媽媽在二樓小客廳就著小檯燈的燈光寫作業
她的神情專注，握筆的姿勢很認真
我在她身後站了很久她都沒發現
好像她明天就會失去這個上學的機會
好像她得趕緊將那些字寫進格子裡
否則字就會逃走

也許不用多久，認得很多字的媽媽
就會像少南一樣
整天窩在眼鏡仔的二手書店裡
變成另類蠹蟲

寫字

我覺得中國字真的很難寫
一點一橫一撇一捺很難卻很有意思

越南曾經被中國接統治一千多年
當時漢字被採用為正式的官方文字
後來脫離中國獨立建國
漢字仍然被認定為唯一的官方文字
到了十六世紀末、十七世紀初的時候
歐洲傳教士陸陸續續進入越南傳教
為了與當地越南人溝通
於是利用歐洲人慣用的羅馬字
幫越南語設計了一套新的書寫方式

羅馬字漸漸被接受及運用
卻仍無法取代漢字
一直到一九四五年胡志明宣布越南獨立後
政府全面推行羅馬字教育
從此，官方文字就由羅馬字取代了漢字

中國和越南曾經這麼靠近
我在練習寫中文的時候
常常有一股親切又熟悉的感覺
也許，我前世是一個中國人呢

現在，我會寫全家人的名字
學會這些字
我感到非常滿足與快樂

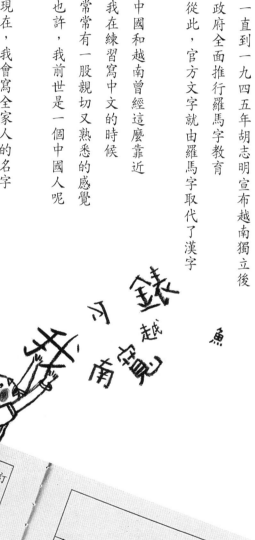

一封信

媽媽上識字班的那一天
我用中文給媽媽寫了一封信
等她認識的字愈來愈多她就能看懂信裡的內容了
我把信裝在信封裡交給媽媽
「我用中文寫的信，你識字班畢業那天才可以拆開來看。」我說
信裡寫什麼？媽媽很好奇
「到時候你就知道了。」我賣起關子
媽媽看起來很意外也很高興
很高興媽媽可以上學了，
她看起來真的很不一樣
像一隻快樂的、精神抖擻的蝴蝶
希望她能永遠這麼快樂

驚喜

少寬拿了一封信給我
要我識字班結業那天才可以看
我很開心
好像拿在手上的是一張確定中獎通知
但是得六個月後才可以拆開
雖然我很好奇信裡的內容
無論如何我會遵守和少寬的約定

每天我都會拿起那封信看一看
猜想少寬到底在信裡寫些什麼？
這種感覺真的好奇妙
很想偷偷拆開

就拆開偷看第一行吧！
不行，南瓜還沒成熟
摘下來也不能下鍋
就算現在拆開來，我未必看得懂那些字呢
就拆開偷看第一行吧！
不行，不行，不行
就算現在拆開來，我未必看得懂那些字呢

心裡偷偷湧現的想法
竟然帶來一種很神祕的快樂

稱霸武林

眼鏡仔坐在店門口的小凳子上哭著
沒有人知道他怎麼了
他手上拿著一封信
信紙上沾滿了他的眼淚和鼻涕
許多鄰居都圍在他身邊關心的問
發生什麼事了
眼鏡仔眼淚鼻涕流了滿臉
他摘下眼鏡抬起頭說：「我得獎了。」
他的嘴裡喃喃說著
「我的《少俠，鞋匠》贏了，
我的《少俠，鞋匠》贏了。」

原來是他的武俠小說得到大獎了
我將爸爸送給我的一只古董錶送給他
作為得獎禮物
但是眼鏡仔不肯收
他說爸爸送我的東西是很珍貴的不要隨便送人
眼鏡仔出現在店鋪的時間愈來愈少
他躲在二樓的書房裡振筆疾書寫新的作品
他說有一次看見阿福坐在他爺爺常坐的位置上修補自己的拖鞋
於是有了靈感開始寫作《少俠，鞋匠》稱霸武林的故事
「這個世界上有很多深藏不露的人，
你爸爸就是一個深藏不露的修錶師父。」眼鏡仔說

「你已經稱霸武林了嗎？」我問
「雖然還沒稱霸武林但也算是頂尖高手。」

眼鏡仔大笑著說
我也跟著大笑起來
「選擇一種行業然後盡全力的成為這一行的頂尖高手，
這樣也算是稱霸武林。」眼鏡仔說

我要拿什麼東西來努力然後稱霸武林呢
忽然羡慕起阿福
他至少已經是少年鞋匠了

修好第一只錶

今天我拆卸了一只壞錶，一只停止跳動的不再走進時間裡的錶
當我組裝回去裝上新電池之後，錶的齒輪竟然開始運作了
我竟然莫名其妙的修好一只錶

我很高興的跑到阿福家，將這件事告訴他
「以後不管任何時候，你的錶壞了，我幫你修，一輩子，免費。」我說

就在我修好第一只錶的這天，我和阿福互相許下承諾
今天之後
阿福幫我修鞋，我幫阿福修錶
一輩子
免費

義賣

娘家護衛隊在社區的活動中心舉行義賣
希望籌到足夠的資金讓護衛隊繼續行俠仗義
阿新將一個沉甸甸的紙袋交給我
「拿去義賣。」阿新說
我們打開紙袋一看，是阿新抽屜裡的七十幾只修好的錶
我、少寬和少南驚訝的看著阿新
阿新看也不看我們一眼
埋頭繼續修理他的錶
「阿嬤，你有東西要義賣嗎？」少南問阿嬤
「我沒有什麼東西可以賣錢的。」婆婆說
「你有一條紅色的圍巾。
你用過一次之後就說不喜歡，也許會有人喜歡。」少南說

婆婆皺了皺眉頭，說：「賣不到幾塊錢的。」

「積少成多呀！」少南說

少南真是厲害

居然可以讓阿嬷再拿出一個針線包、一個銀色錢包和一大捆的毛線

眼鏡仔拿了二十本他的新書義賣

他最近總是一臉得意

因為出版社買下了他所有藏在抽屜裡的舊作

他整天在二樓寫稿，書店幾乎交給少南看顧

「你終於可以娶老婆了。我介紹個美麗的越南姑娘給你。」我說

「哼，我才不要娶老婆，

沒有人配得上我。」眼鏡仔說

眼鏡仔應該給自己寫一本書

書名就叫《孤傲的大俠》

新臺灣之子

今天周老師帶我們到視聽教室
她說要給我們看一些有趣的東西
影片播放之前
老師說：
「班上有七位同學是新臺灣之子，
現在要讓大家認識他們媽媽的故鄉。」
同學們紛紛轉頭看我們
影片開始是幾個戴頭巾的女子坐在公車亭裡
安靜而美麗
街道上奔馳著各式各樣用摩托車改裝的計程車

接下來鏡頭轉到一位穿白色奧黛的女子
我的心跳突然加快
這是越南，是媽媽的故鄉
媽媽也有一件那樣的衣服
越南的街道擠滿了摩托車
吵吵嚷嚷的氣氛中
呈現一種令人心動的異國風情
接著是柬埔寨、日本、泰國的介紹
每一個國家的介紹都短短的
但是，看完這些影片
每個人都好想去旅行喔

周老師說
「不管你從哪裡來、為了什麼原因來到這裡，

大家都是地球人

要相親相愛互相關懷，

森林裡的樹如果只有一種樹木，

這樣要如何創造多元又美麗的森林？

我們要有大樹的胸懷，

讓各式各樣的生物在樹上自由自在生活，

這樣才稱得上是一個文明人。」

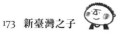

翻譯

放學的時候
我和阿福走出校門口
看見幾個人在馬路邊打架
剛剛趕到的警察將打架的人拉開
那個男的趁警察不注意又偷偷打了那個女的一拳
那個女的用越南話不斷的說著：「我沒有，我沒有。」
我聽了一段他們爭吵的內容就知道發生什麼事了
那個男的一直罵他的妻子偷錢寄回越南
他的妻子一邊哭一邊否認
有沒有人會說越南話？
警察提高音量向路人求救
「王少寬會說越南話。」阿福指著我大聲的說。

警察朝我招手希望我過去幫忙

「你會說越南話？」

我點點頭

「你幫她翻譯一下。」

「這位阿姨說她的先生動不動就懷疑她偷錢寄回越南，
每天都打她，家裡根本沒有錢，
她說在臺灣的生活比在越南還辛苦，
她想離婚，希望有人可以幫她。」
我把這些話翻譯給警察聽
那個男人很凶的說：「我花了三十萬把她娶回來，
她居然想逃走，是不是欠揍？」
他的妻子看著我，希望我將她先生的話翻譯給她聽
我只好婉轉的說：「他說他花了很多錢才把你娶回家。」

警察摸摸我的頭謝謝我的幫忙
還說我是個很不錯的孩子
會說越南話很了不起
我有點兒得意
好像天底下只有我一個中越混血兒會說越南話

回家後我告訴家人這件事
媽媽的表情看起來好像中了樂透彩
她偷偷瞄了一眼阿嬤
阿嬤似笑非笑的說：
「你們的閩南語說得像越南話一樣好才是了不起。」

滴漏咖啡

識字班來了一個名叫阮氏慶的同鄉
她送了我一個越南的滴漏咖啡過濾器
我知道這東西
但是我在越南的時候
從來沒有用這個過濾器喝過咖啡
因為家貧生活艱難
連咖啡粉都買不起
來臺灣後
在阿香家喝過幾次
越南人喝咖啡
是一百多年前法國人來了之後才開始的（註）

後來法國人走了
越南人繼續保留法國人喝咖啡的古老方法
將咖啡倒進滴漏器裡，接著倒進滾水
讓咖啡緩緩的滴進已經倒了煉乳的杯子裡
因為用的是煉乳
所以越南的咖啡雖然味道香濃，卻也甜得不得了

我買了咖啡和煉乳回家
表演了一杯道地的越南咖啡沖泡法
咖啡一滴一滴的滴進杯子裡
我將滴好的咖啡推到阿新面前
阿新喝了一口，臉上露出吃驚的表情
「很好喝耶！」
很少說話的阿新，終於在每天極少的對話裡加了一句：

「弄杯滴漏咖啡來喝喝吧！」
我問阿新：
「法國人給越南帶來喝咖啡的文化，
會不會有一天，
越南人喝咖啡的方法也在臺灣造成大流行？
如果那一天到來，
你可不可以資助我開一家滴漏咖啡館？」
阿新喝了一口咖啡後
好像沒有聽到我說話一樣
繼續修他的錶

註：越南曾是法國的殖民地。

來了一個外國人

今天來了一個外國人
帶來一只精緻的看起來相當貴重的手錶
外國人用怪怪的國語說
他有個德國朋友曾經在這裡修好一只古董錶
他大老遠從臺南坐車來
希望爸爸幫他看看這只手錶可不可以修

爸爸的眼睛閃亮起來
他說他記得那個人
因為他修過的古董錶每一只都很特別
所以印象深刻
爸爸反反轉轉的看著手上的錶說：「可以修，可以修。」

爸爸就是這樣，不會跟客人多說兩句話
看見壞錶就像老鼠看見乳酪一樣
爸爸開始專注的拆卸機械錶
外國人則拿著相機拍攝爸爸工作的模樣

爸爸修理這只珍貴的錶的表情
和修理從地上撿到的錶的表情並沒有什麼不同
只是花的時間多了一點點
他並沒有讓外國人等太久
就讓這只手錶的心臟重新跳動
爸爸拿起錶貼在耳朵上露出笑容
不明就裡的人會以為手錶剛剛說了一個笑話給爸爸聽呢

外國人滿意的一直握著爸爸的手說謝謝

他說這只錶是爺爺留給他唯一的紀念品
是一只古老的機械錶
壞了一年了，不敢貿然找師傅修理
他把錶重新戴在左手手腕
帶著微笑的將錶貼在耳朵上聽著
「記憶中這就是爺爺的聲音。」
爸爸理解的點點頭
他終於遇到和他一樣喜歡滴答滴答聲音的人了

外國人還問我會不會修錶
我說我已經學會拆卸和組裝
兩個星期前我才剛剛修好一只錶
他拍拍我的肩膀
說我長大後一定和爸爸一樣厲害

他請媽媽幫他和我和爸爸拍一張照片
外國人走後
我用很快的速度組裝了兩只錶
我覺得自己好像沒有那麼抗拒修錶這件事了

外公的祕密

我在眼鏡仔送我的旅遊書中，找回了阿公告訴我的祕密
我這下才明白，祕密根本就不是祕密
阿公在我耳朵邊說的那句話——「風兒四壁穿堂過」
那是一句風景順口溜
我在眼鏡仔的旅遊書上讀到同樣的一句話
用來形容越南鄉下普遍存在的茅草屋

我把這件事告訴了少南，少南笑了起來
「外公也告訴我一個『祕密』——『陽光鑽縫強作客』。」
我們兩個同時笑了出來
這哪是什麼祕密呀
是外公怕我們忘記越南故鄉
要我們將越南故鄉的風情像祕密那樣的鎖在心裡

家的距離

阿香回越南去了
她請了一個越南同鄉住在家裡
幫她照顧眼睛已經看不見的先生
阿香嫁來臺灣八年
不曾回越南探親
因為先生眼睛瞎了，孩子還小
這次回越南是因為父親過世了
她帶著兩個小孩回去奔喪

回越南的前一晚
阿香來找我
哭得死去活來

連父親最後一面都沒見到
我也跟著哭了
我五年沒見到爸爸媽媽了
市場那個賣魚丸的印尼老婆
十年沒回過故鄉
她說：「就快要忘記家鄉的樣子了，
時間愈久，家愈來愈遠，
我像個沒有靈魂的人，
輕飄飄的在臺灣這塊陌生卻又親近的土地生活。」
聽來真讓人覺得辛酸

我努力的想著爸爸媽媽的臉
以及回家的每一條路

那真無趣

放學後唐國軒在校門口等我，問我要不要去網咖

我說我現在一天要拆開組合兩只錶，沒有達到目標，爸爸會修理我

「那真無趣。」唐國軒說

「是啊！」我說

「今天新出了一種遊戲。」唐國軒說

「那真可惜。」我說

「不去，算了。」

唐國軒揮了一下手自顧自的離開

唐國軒一定沒有看出來，剛剛我有了幾秒鐘的遲疑

如果他發現了，也許可以說服我

但是我相信，這次以後

他不會再找我了

上報了

眼鏡仔拿著一份報紙走進客廳
你和少寬上報了
我們接過報紙
是那個外國人和爸爸和我的合照
媽媽認得的中文字還不夠多
少南將報導的文章讀給阿嬤和媽媽聽
報上說爸爸是碩果僅存的修古董錶師傅
他的鐘錶修理小店就在一條不起眼的小馬路邊
他修好一只名貴的瑞士名錶只需要二十分鐘的時間
還說他的手藝傳承有人
兒子年紀輕輕已經學會修錶
媽媽和少南用崇拜的眼神看著我和爸爸

我覺得臉頰滾燙，很不好意思的想笑又不敢笑
爸爸看完報紙後重新戴上放大鏡
爸爸大部分時候總是面無表情
我們不知道他是高興還是不高興
阿嬤、媽媽、我和少南都很高興家裡出了兩個明星人物
明天我們終於可以抬頭挺胸的去面對同學和鄰居了
康榮山肯定也會看到報紙
我第一次覺得這滴答滴答聲是這樣的動聽
第二天，家裡來了很多客人
拿著各式各樣的錶來找爸爸
這些罕見的錶讓爸爸看起來就像
準備起跑的運動選手
炯炯的眼神充滿了挑戰與期待
這一陣子爸爸是「真的」會很忙了

自由的感覺

騎上單車前往郵局寄信
經過巷子的時候
那隻黑狗原來趴在地上
聽見腳踏車的聲音立即彈起身子豎直耳朵
興奮的衝出巷子
但是當牠見到我的車速慢得像烏龜在爬時
牠跳了幾下、吠了幾聲後
感覺無趣，慢慢的走回巷子趴回原位
我笑著對黑狗說：「來呀！來追我呀！」
我給越南的爸媽寫了一封信
告訴他們
那種不確定的漂浮感消失了

我有了自由的感覺
我覺得很快樂
信裡還夾了兩張簡報
是阿新和少寬的新聞
信裡還提及我一共買了十份報紙
將一份裱框掛在店裡
其他的要好好的保存起來

我將信投進郵筒裡
心裡充滿了喜悅
這是我嫁來臺灣之後
第一次這麼強烈的感覺到輕鬆

地球人的鞋子

孟志遠離開後

地球人總部成員又回復到六個人

我們這次討論的主題由阿福發表

「地球人的鞋子應該要再進步一點。」

我們愣住了

「這是什麼意思？」小五問

「也就是說，地球人要充分利用時間，就要有一雙多功能的鞋子。」阿福說

「可以彈跳很遠嗎？」秀雅問

「對。」阿福點點頭

「可以彈跳過河，就不需要船嗎？」阿東說

「對。」阿福又點點頭

「以後地球人的住家不需要樓梯，彈跳之後，就降落在陽臺。」我說

「對。」阿福很滿意的點頭

「那阿嬤很老跳不動怎麼辦？」少南說

「會有老人專用彈跳鞋。」阿福說

「大家這樣跳來跳去不太好吧！」少南說

「住在二十層樓的人怎麼辦？」小五說

阿福看起來很煩惱，他為新地球人設計的鞋子不斷的被質疑

「這只是一個構想和概念，

阿福會解決二十層樓的住戶怎麼回家的問題，對不對？阿福。」我說

阿福一直點頭贊同我的說法：

「對呀！對呀！我都還沒開始設計。」

地球人總部的週末會議結束了

下次的會議我們要討論

地球人如何才能和外星人結盟

少寬的信

識字班結業式那天晚上
我坐在二樓的小客廳裡
拆開少寬寫給我的信
我先把幾個不認識的字寫下來
拿去問阿新

再回到二樓安靜的讀信
我感動得淚流滿面
我可以讀信了
我讀了兒子真正的心聲
多麼的不可思議
我居然可以讀信了

親愛的媽媽：

恭喜你認識字了
以後你可以讀報紙，簽我的聯絡簿了
我和你一樣感到高興
我為我曾經迷失而讓你傷心的那些日子向你道歉
我以後不會再那樣做了
你曾經問我記不記得越南鄉下那條紅土泥路
我回答說不記得了
我從你的臉上看到失望的表情
事實上我並沒有忘記
我記得我常常和少南還有小舅舅們
在那條紅土泥路上比賽賽跑，我還摔了一跤
白色的衣服就算洗了一百次
還是有一片淡黃色的污漬
我那樣回答，是因為覺得很煩
回答不記得比較簡單
我和你一樣常常想起越南
希望今年暑假爸爸和阿嬤可以讓你回越南探親

祝媽媽永遠快樂

兒子少寬敬上

外公的臉

今天的作文課老師要我們自訂題目
我想到越南的外公
決定寫外公的故事

外公從來不說關於越戰的任何事
如果不是他臉上那塊黑色的焦痕
你會以為他從來也沒有參與過那場戰爭
二十五歲那年外公加入越南人民軍
打過美國人和越南人
右邊臉頰留下一塊巴掌大的被炸彈燻黑的焦痕
右耳也聾了

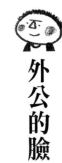

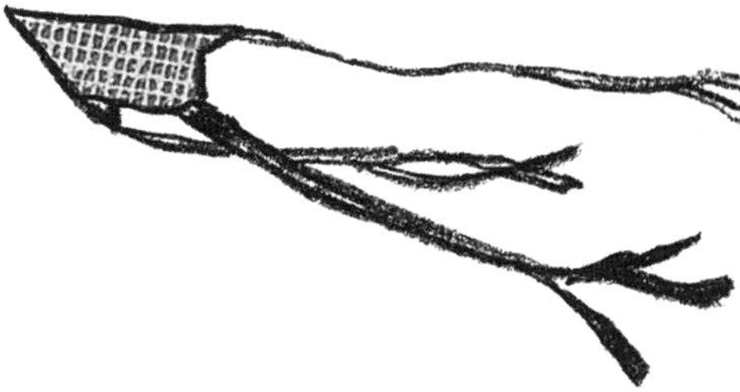

「你恨美國人嗎？」我問外公
「都過去了。」
外公輕輕的說完這句話後轉移話題
越戰打了二十年
國家沒有建設、沒有發展
越南窮了很久
但是現在
越南就要起飛了
大家都這麼說
越南就像一只風箏
給他一陣風
他就會飛得又高又遠

回收舊錶

少南告訴爸爸
他可以花少少的錢回收一些舊錶
翻修後再去賣，既環保又實在
上次舊錶義賣，七十幾只錶賣了七千多元
就表示這生意可以做
爸爸聽到這個建議後
抬起頭來摘下他的放大鏡
流露出高度的興趣
這倒是，現在人戴手錶講求方便便宜
一點點壞掉就扔
「好，我們就這樣做」
爸爸爽快的接受了少南的建議

我們真的在店門口擺了一個賣二手錶的專櫃
我和少南製作了一個「回收舊錶」的看板擺在路邊
少南還建議媽媽可以擺攤賣越南河粉
媽媽說沒問題
阿嬤說可別叫她洗碗
爸爸說要從長計議、從長計議

寫信

我坐在少寬修錶的位置上
用中文給少寬寫了一封信
坐在這裡的好處就是
不會寫的字可以馬上問阿新
我感覺到阿新對於我在寫信這件事很好奇
他不只一次用那隻沒有戴放大鏡的眼睛偷看我在寫什麼

親愛的少寬：

看完你的信，我真的很高興
謝謝你沒有忘記那條紅土泥路
那裡也是我們的故鄉
我們要永遠的記得它

我真的很高興
你長大了
可以自己判斷對錯
不用我操心了

我們很快就可以回越南了
你爸爸說，今年，我們可以一起回越南
他說，他不想讓媽媽像阿香阿姨那樣
因為家人過世才回越南
他希望我們能和越南的外公外婆多見面

我們就要回越南了
你也和媽媽一樣期待嗎？

媽媽　阮氏好

他鄉是故鄉

娘家護衛隊依然穿梭在街頭巷尾，尋找暗自哭泣的新娘
護衛隊的勢力不斷在擴大，很多臺灣家庭也加入了
連媽媽也加入了
阿嬤沒有出面阻止
只是常常抱怨媽媽一天到晚不在家
我們也都習慣了阿嬤的嘮嘮叨叨

媽媽讀完識字班
暑假結束後繼續就讀我們學校夜間部一年級
她說她要一路讀到高中畢業
那天我看見康榮山和新媽媽一起在越南小吃店吃麵
他們兩個人並沒有交談

康榮山抬起頭的時候剛好看見我
他愣了一下，立即將頭轉開

這個暑假媽媽終於要回越南探親了
就算阿嬤反對一下子花那麼多錢
爸爸還是堅持我和少南陪媽媽回越南探望外公外婆
孩子的童年很快就過去了
這是爸爸堅持的理由
我要利用這個機會
將已經淡去的越南印象重新著色
越南是媽媽的故鄉
也是我們的故鄉
臺灣在媽媽眼裡原來是他鄉
現在也成了她密不可分的新故鄉

後記

當地球人遇到地球人

◎張友漁

編輯希望我寫一篇創作《西貢小子》的後記，我坐在書桌前想著，是什麼觸動我寫作這本書?想了很久，沒有一個肯定的答案，如果真的要說一個緣起，我想，也許是在市場買菜的時候，聽見菜販不標準的國語裡夾雜著生活的無奈與艱困；也許是站在賣水餃的婦人身旁那個小孩膽怯的眼神；也許某一個早晨打開報紙，看見一小方塊新聞報導著新移民被遺棄、失去國籍、家庭支柱過世，貧病交加、孩子無依無靠，甚至被虐待……這種種事件的累積吧!

我想創作一個關於新移民家庭的故事，我將這個念頭告訴了天下雜誌的童書編輯，沒想到他們立即安排我跟隨一位在臺灣幫傭的越南女生阿面回越南進行文化觀察。

於是，為了《西貢小子》，我去了越南。阿面的家位於距離河內兩個小時車程的一個小村落。那天阿面的家人租了一輛箱型車，買了一大束花，十幾個人到機場迎接阿面，家裡還大擺宴席，左鄰右舍都過來幫忙煮食，地上鋪了兩張草蓆，草蓆上擺滿了食物，所有的人圍坐在食物旁用餐。阿面住的小村很安靜，車輛很少，從街道和店鋪販賣的物品以及擺設看來，很像三十幾年前的臺灣鄉下，村民非常樸實友善。有時候，我會騎著單車，到村子附近逛逛；有時候，我只是和阿面的婆婆安靜的坐在屋前的臺階，看著一頭頭黃牛經過，小村落大多數居民以種稻為生，黃牛是田裡的主力。大多時候，我不做任何採訪，只是安靜的看著、感受著。

在小村閒逛的時候，我看見一個現象，許多男人或坐在屋簷下抽煙，或在家裡帶孩子，而妻子卻離鄉背井到他鄉工作，寄錢回家蓋房子。和村子裡一些曾經到臺灣幫傭或者打工的鄰居聊天的時候，更確定了這個現象的普遍。

阿面家裡一直有訪客來，她們很喜歡問我，到越南花了多少錢？在臺灣一個月賺多少錢？看見阿面家那棟漂亮的樓房，我實在不好意思說，其實阿面比我還富有。

阿面在臺灣工作了三年，好不容易有一個月的假期，應該多些時間和家人相處，而不是招呼我這個外人。為了不破壞阿面的假期，我提議和她妹妹去旅行，沒有太多的商議，「一隻雞」和「一隻鴨」就去旅行了。這也許不是個好主意。

雞同鴨講，怎麼講也溝通不了，兩人在旅途中造成的誤會和一碗飯裡的飯粒一樣多。有一次，在河內，為了坐計程車去機場的事，兩個人溝通不來，我只是想知道坐計程車去機場需要多少時間？鴨妹妹卻一直在紙上寫下去機場的計程車費。我畫圖兼表演，自認回臺灣後可以加入劇團演戲了，但是鴨妹妹還是氣得一張臉脹得紅通通，她打電話給阿面，用非常激動的口氣說著什麼，後來我和阿面解釋發生了什麼事，阿面再轉告鴨妹妹，鴨妹妹臉上的線條才柔和下來。

當語言不通的時候，臉上的線條和表情，是我們唯一可以解讀的密碼，但，我們又常常解讀錯誤，把我們以為的當成唯一的真相，誤會就愈來愈深。

在旅行的途中，我不只一次覺得自己的處境像極了卡夫卡《變蟲記》裡的那隻甲蟲，有一天醒來，突然變成甲蟲，說不出話來，什麼也無法準確的傳達，他憤怒、沮喪，最後絕望——這處境特別像嫁來臺灣的外籍配偶。我可以縮短了行程，放棄溝通，用我破爛的英文訂火車票回北越，再回臺灣。但是，嫁來臺灣的外籍配偶卻不行，她們得繼續忍受生活給她們的磨難，適應期也許幾年，也許無限期延長……

我真的很高興這趟旅行有這樣一段插曲，我才能深刻感受到，當想法無法正確的傳達而招致誤會時，那種無助與氣餒。

從南越坐火車回北越，火車穿越中越，不時見到破爛不堪的茅草屋，屋裡有人在活動。要解決越南的貧窮，並非三年五載，但是要解決一個家庭的困境，就得有幾分冒險的精神了。將女兒送到遙遠的國度去工作，或是去遠方追求不確定的幸福。

臺灣，給不出這樣的幸福嗎？

很久很久以前的臺灣島上並沒有人居住，原住民划著小船首先來到這座島嶼；接著，一艘艘的船載滿大陸上的人民，橫渡凶險的黑水溝來到小島；然後，荷蘭人、日本人、美國人、歐洲人……為著不同的因素來到小島並留下；漸漸的，越來越多越南人、印尼人、柬埔寨人……來到臺灣。西貢小子寫作的時間大約是二〇〇五到二〇〇八年間，花了四年才寫完。當時的社會氛圍對新住民朋友是非常不友善的，是緊張、對立、充滿歧視的。他們的孩子也過得很不快樂，因為身上被貼著許多的標籤。

我們的新住民朋友們就這樣在我們稱為寶島的臺灣，用一種期待明天會更好的心情度過每一天。

十年過去了。

在很多社福團體以及政府單位的協助下，臺灣漸漸跟上文明的腳步，社會氛圍變了，大多數人開始喜歡並欣賞多元文化；新住民們有自己的立法委員，電視和廣播電臺也有專屬的節目；有為他們量身打造的電視電影；他們的孩子因為會說母親的語言，成為最大的優勢，得到外派的機會；立法院為了因應新住民成為無國籍的狀況，三讀通過部分條文修正草案，外籍配偶可以先入籍再放棄原國籍。這些改變讓許多新移民可以過得更快樂一些，得到更多的關懷與支持。

有許多新住民朋友終於熬出頭了。

是不是從此以後，每一個新移民都過著幸福快樂的生活了呢？當然不是，還有很多角落有我們看不到聽不到的悲苦的故事，需要我們持續的關注。

不管是很久很久以前，還是前年或今年或將來，不管這些人來到臺灣的先後，不管他們從哪裡來到臺灣這個小島，誰都不是從這個島上像花一樣長出來的，我們的祖先像一顆顆漂流的種子，落在島上才生根，為的只有一個目的，就是尋找更好的生活。我們的祖先開闢了這塊滄海桑田，為後代子孫在臺灣築建美滿幸福的根基，讓我們也張開雙臂敞開胸懷，融合這些歷經千山萬水來臺灣追求幸福的人，透過他們帶來原居地的故事、歌唱、服飾、美食和風土民情，讓臺灣變得更多元更豐富。當地球人遇到地球人，就像牛奶遇到茶、泡菜遇到紅辣椒、糖醋遇到臺灣鯛魚，因為相遇而更顯精采。

我們期待下一個十年，臺灣可以成為更友善更寬容更宜居的寶島。

二〇一八年一月　補二版後記

讀書會

世界上有很多事情並不是非黑即白，
有時候因為各自的想法或是價值觀不同，
因而有不同的意見。

在《西貢小子》中，作者讓少寬和他的媽媽的角度來描寫不同事件中各自的心聲與感受，中間也有少南或是越南外公寫的書信，都可以看出每一個人的想法與珍惜的事物。

當有人跟你意見不同時，試著站在他們的角度看事情吧！

快問快答

問題討論設計：林怡辰（彰化縣二林鎮原斗國民小學教師）

1 爸爸在故事中很少說話，請你用爸爸的口吻，寫一封信給故事中的媽媽和少寬，說明他們情緒低落時，爸爸是怎麼想的。

2 阿嬤懷疑媽媽偷了項鍊時，如果你是少寬，除了謊稱是自己拿走的，當下還有什麼方法可以幫助被冤枉的媽媽？

3 轉學生徐飛燕的自我介紹非常吸引人，如果你是少寬，要怎麼做出一段吸引人的自我介紹呢？

4 《西貢小子》整本書都是以媽媽和少寬的想法發聲。想一想，在下面幾個情景中，阿嬤是怎麼想的：媽媽帶兩個孩子回越南；看見兩個孩子都講越南話；少寬和同學打架；發現遺失的項鍊才知道原來是自己冤枉人了。

5 故事裡的媽媽從很遠的地方來到陌生的臺灣，一切都令人慌亂。如果你獨自在陌生國度生活，除了學習語言、找志同道合的朋友外，還有哪些方法可以更快適應新環境？

6 書中有很多對他人預設的想法，像是「新移民媽媽來臺灣是為了搶錢」（第四十九頁）、「你們這些外籍新娘只會生不會教，才會教出流氓兒子！」（第六十二頁）、「在臺灣娶不到老婆的男人才會去大陸、越南、印尼娶老婆。」（第八十二頁）等。這些說法正確嗎？對當事者會有什麼影響？你可以用以友善與尊重的態度換句話說嗎？

7 書裡談到許多越南的資訊，像是越南的地圖、風光、美食（如青蕉沙拉、越南春捲、越南咖啡）、以前歷史、傳統服飾奧黛等。想像一下，如果遇到來自越南或其他國家的朋友，你可以跟他們暢快談哪些話題呢？

8 每個人都有不同的優點，和他人不一樣的差異有時是更亮眼的珍珠。像是少寬的爸爸，雙腿殘疾卻是有國寶級修錶能力、看起來不起眼卻是寫作高手的眼鏡仔、修鞋少俠阿福、覺得自己是超級大笨蛋卻中越語流利的少寬……想一想，並和周圍的人相互討論與彼此不同之處與優點。

9 爸爸說：「當語言不通的時候，臉部表情就是另一種語言，人們會很用力的去解讀別人臉上的表情，這樣很容易造成誤會。」你是否有過度解讀他人表情和行為的經驗，並想想怎麼客觀辨別「事實」和「猜測」。

導讀

我們都是深藏不漏的大俠

◎世新大學社會發展所教授　夏曉鵑

歐巴馬——二〇〇八年全球的風雲人物，被稱為寫下歷史的人，不只因為他贏得美國總統大選，更重要的是，他是有史以來，第一位非洲裔的美國總統，並且是個美國母親和肯亞父親生下的混血兒。青年時期的歐巴馬曾因為自己的多種族背景，難以獲得社會認同，而以吸食大麻和古柯鹼讓自己短暫地不再為「我是誰」的問題而傷神傷心。

在當今所謂「全球化」的時代，愈來愈多的人們為了工作、求學、追尋更好的未來而跨國流動，成為移民或是移工，其中有些人與自己不同國族背景的人結婚，他們的孩子被稱為混血兒，就像是歐巴馬。

移民／移工、混血兒的存在創造了更複雜而多元的社會景觀，包括他們不同的膚色、語言、生活習慣、文化信仰等等，使得許多人因為不了解與不習慣而產生了恐懼，甚至有排擠的行動。而這些有意或者無意的不友善言行，不僅製造了許多衝突，也讓移民、移工、混血兒和歐巴馬一樣嘗盡被歧視、不知「我是誰」的苦頭。

其實，恐懼是因為不了解。打開心胸，自在一點，我們就會看到移民／移工堅毅的臉！只要能夠試著感受他們真實的呼吸、汗水，還有那如同樹皮般粗糙的雙手，我們會發現：移民／移工創造了全球經濟脈動、帶來了多元文化的活力，他們不是過客，而是在創造歷史。

《西貢小子》以母子交錯敘述的生動筆法，描述了來自越南的阮氏好，和她的越南臺灣混血兒王少寬在臺灣生活的心路歷程。透過少寬童稚而敏銳的觀察，我們看見了臺灣社會如何因為不了解而產生的不適當言行，而來自越南的媽媽也因此成為少寬眼中原本在越南很聰明，但在臺灣卻突然變成笨得不知如何說話的媽媽。

故事裡，我們看見許許多多被塵土掩蓋而無法散發光芒的珍珠：雙腿殘缺卻是國寶級修錶高手的爸爸、每天埋在髒亂舊書堆的寫作好手眼鏡仔、來自越南而熱心助人的「娘家護衛隊」成員阿香、夢想成為修鞋高手的阿福，還有中文越文皆流利的翻譯高手少寬。於是，我們領悟到，不是只有當選美國總統的歐巴馬才能寫下歷史，只要我們打開心胸、用心聆聽、努力學習，就會發現周遭處處是深藏不露的大俠！

和小朋友一起閱讀的大朋友們，不妨和孩子腦力激盪一下：

1. 如果你是小說家眼鏡仔，在寫完《少俠，阿福》後，你想用少寬的故事寫另一個少俠的故事，你覺得「少俠少寬」會有什麼超凡絕技呢？

2. 常愛嘲笑少寬的康榮山，原來也有個來自越南的新媽媽，你覺得他為何老愛找少寬的麻煩呢？如果用康榮山的角度寫個故事，你會怎麼寫呢？

3. 如果你也加入了少寬發起的「地球人總部」，你會提出哪些地球人的問題來討論？你覺得要怎麼做才能達到所有地球人都和平相處的目標呢？

推薦文

不盡相同，讓這個世界更可愛

◎中央大學學習與教學研究所　柯華葳

沒有兩片葉子是一樣的。沒有兩個人，即使是同卵雙生，是一樣的。站在鏡子前，看自己似乎左右對稱，卻不全然一模一樣。聽起來老套，但這「不盡相同」卻是人類爭端與戰爭的來源。最典型的例子是上一世紀德國希特勒以猶太人是不一樣且不優秀的民族所進行的滅族戰爭。

人與人有爭端，大都是因看到別人與自己不同。個人看自己的不同為優越的表現，認為自己比較聰明、有品味。但是一看到別人的不同，則滿是貶抑——不優秀、不好、不聰明、沒品味等。有趣的是，在不斷比較與別人的相同與不同時，絕大多數的我們都不想「太不一樣」，但也不要「一個樣」，我們希求「不盡相同」。

親子天下出版的兒童成長小說中的主角都在你我身邊，甚至就是你和我。像是《蛋糕學校》亞哥不會讀、成績不好，看似不聰明。少寬、少南「不優」，因他們的母親是越南人且父親雙腳不良於行。讀者很快就可以察覺到他們是不同的。而《超級乖寶寶》歐柔這位百依百順的超優質女生有什麼困擾?她和因為有行為問題，而天天被送到校長室的如樂竟很相似——兩人都要假裝，一個假裝乖，一個假裝不乖，以符合眾人的看法。

接受自己跟別人不盡相同和接受別人與自己不盡相同都是要學習的，而且是一生的功課。這套書是一面鏡子，不過要用「感受」來讀，學習同理、憐恤、自信以及相同與不同之間的互助與互補。唯有認識自己與眾人在不同中有很多相同點；同時肯定他人與自己在相同之中，仍有許多不同之處，透過包容與欣賞，自然可以克服爭端與戰爭。

臺灣社會愈來愈有趣是因為有愈來愈多的不盡相同，而且彼此欣賞。可愛的臺灣，需要我們繼續努力去維持、去創造「不盡相同」。

推薦文

在感動和思考中，踏出燦爛的未來

◎師大人類發展與家庭學系教授　黃迺毓

成長是一件迷人的事。

它是一個持續不斷的過程，但是我們通常只想看到它的結果。

成長需要自己和旁人的努力，但結果只能交給上天。

成長小說是為青少年出版的，藉由不同處境和典型的青少年，讓讀者走入他們的生活，每一本書中，你都可以看到青少年的細膩心思和苦惱，也都看到他們如何在有歡笑有眼淚的日常生活中，逐漸體會自己的獨特，學著與支持他和為難他的人相處，甚至突破學習困境，讓自己從一無是處變成自信的人。

大人喜歡孩子讀偉人傳記，希望孩子能從偉人的生命史中，學習一些堅毅、認真、傑出、勤勞等等的品格，成為頂天立地的大人物。但是小說的故事主角所提供的典範，不是那種可望不可及的高標準，反而是從每個人的軟弱開始，例如親子天下出版的《蛋糕學校》中，亞哥不喜歡閱讀、數學，自我形象甚差，也造成其他方面的問題。但是他找到「烘焙」這件他有興趣又使得上力的「挑戰」，於是按部就班的學到他必須學習的「術科」和「學科」。又如張友漁的《西貢小子》少寬如何在「弱勢」族群的生存環境中，正向的走出積極的人生。

相信這樣的書會成為青少年的成長伙伴，在每一個感動和思考中，踏出燦爛的未來。

好評推薦

以閱讀扎根、用愛圓滿人生

◎宜蘭縣新南國小校長　林機勝

親子天下用心出版了幾本兒童成長小說，書中題材非常切合社會的需要，能夠讓孩子透過閱讀找到方向、看到楷模並且激勵他們的成長。《西貢小子》讓我們貼近新臺灣之子的生活圈，了解到新移民家庭的處境，進一步讓小朋友能夠學習「將心比心」的尊重。

《超級乖寶寶》是大多數孩子的寫照，書中以鮮活的例子鼓勵小朋友勇敢跳脫框架，展現自己的特質。《蛋糕學校》讓我們知道：「興趣」是學習的大功臣，一個不愛閱讀的孩子為了做蛋糕，努力學會閱讀、寫字與算術，更學會下功夫、學會堅持，學會不要氣餒。希望小朋友敞開心靈好好來讀這些書，也敞開生命接受這些讓你成長的人、事、物。

一條看不見的線

◎雲林說故事協會創辦人　唐麗芳

故事就像一條看不見的線，分享人們不同的生活經驗與心情，也拉近人與人之間的距離。透過好故事，可以了解人我之間的差異，調整對待彼此的方式，讓人們更了解自己、更懂得尊重別人。每個人都知道自己和別人不一樣，也可能想讓人看到自己和別人的不同。但當自己不能接受無法改變的事實，如原生家庭、長相、性別、膚色等先天性的差異時，往往又會帶給自己許多困擾與痛苦。好的故事，就像一位好朋友，也像一面明鏡，可以從故事中看到自己和別人真正的樣子，它們就是讓人思考「人我差異」的好故事！閱讀這些故事時，彷彿看到自己的故事般真實與感動！

閱讀帶給我們快樂，讓我們跨越刻板價值觀念的思維，了解事情的真相，進而接受事實，成為一個快樂、獨立自主思考的個體。因為你、我都是老天送給世界最好的禮物！

認識自己存在的價值，尊重個體的不同

◎臺中市大元國小老師　老ㄙㄨ老師

我生長在農村，看過、也聽過不少所謂「外籍配偶」的故事。看完《西貢小子》，眼眶有些泛紅，眼前又再度流轉著那些曾聽過的不幸的新移民故事。我才驚覺，我們對於這些新移民朋友的包容、以及對他們的友善態度，做得實在還不夠。在異地生活，本就是一件辛苦的事，而區分你我的國籍，更是一件傷人的歧視行為！

這是一本每一位老師都應該接觸、也是每個孩子都該閱讀的好書。透過這本書，我們可以深刻的感受到這些新移民媽媽內心的無奈，也可以體會這些新移民孩子適應上的痛苦。我們該學會如何協助他們快速的融入這個社會，畢竟大家都是生長在此的臺灣人，未來我們還要攜手一起向前走！

樂讀456　044

西貢小子

作　　者｜張友漁
繪　　者｜達姆
責任編輯｜楊琇珊
行銷企劃｜葉怡伶

天下雜誌群創辦人｜殷允芃
董事長兼執行長｜何琦瑜
媒體暨產品事業群
總經理｜游玉雪
副總經理｜林彥傑
總編輯｜林欣靜
行銷總監｜林育菁
副總監｜李幼婷
版權主任｜何晨瑋、黃微真

出版者｜親子天下股份有限公司
地　　址｜台北市104建國北路一段96號4樓
電　　話｜（02）2509-2800 傳真｜（02）2509-2462
網　　址｜www.parenting.com.tw
讀者服務專線｜（02）2662-0332 週一～週五：09:00~17:30
讀者服務傳真｜（02）2662-6048
客服信箱｜parenting@cw.com.tw
法律顧問｜台英國際商務法律事務所・羅明通律師
製版印刷｜中原造像股份有限公司
總經銷｜大和圖書有限公司 電話：（02）8990-2588

出版日期｜2009年 9 月第一版第一次印行
　　　　　2024年10月第二版第十五次印行
定　　價｜280元
書　　號｜BKKCJ044P
I S B N｜978-957-9095-38-9（平裝）

訂購服務
親子天下Shopping｜shopping.parenting.com.tw
海外・大量訂購｜parenting@cw.com.tw
書香花園｜台北市建國北路二段6巷11號 電話（02）2506-1635
劃撥帳號｜50331356 親子天下股份有限公司

立即購買 >
有聲故事書

國家圖書館出版品預行編目 (CIP) 資料

西貢小子／張友漁 文；達姆 圖；-- 第二版，--
臺北市：親子天下，2018.03
224 面；14.8×21 公分 . --（樂讀 456 系列；）
（成長小說；1）
ISBN 978-957-9095-38-9（平裝）
859.6　　107001190